中公文庫

ため息に溺れる

石川智健

中央公論新社

目次

ため息に溺れる

プロローグ

――どうか、誰も疑われませんように。

これ以上ないというほどに強く願い、歯を食いしばった。歯の間から、泡になった血が溢《あふ》れ出《で》てくる。内臓の出血が、食道から逆流してきていた。

呼吸ができず、溺《おぼ》れてしまいそうだった。背中を丸めて咳《せ》き込《こ》み、大量の血を吐き出す。その際、机の上が汚れないように身体《からだ》をよじった。

一度だけ、息を吸い込めた気がした。

顔をしかめながら上を向き、窓の外に視線を向ける。曇っているのだろう。空に浮かんでいるはずの月や星は見えなかった。少し残念だったが、感傷に浸っている余裕はない。

机に向かっていた指月《しづき》は、手に握っているボールペンを放る。静寂の中、机の上を転がる音がとても大きく聞こえた。

目の前の遺書に視線を走らせる。なんとか文字を読むことはできる。

さまざまな感情が胸の内を交錯していた。その大半が悲しみと苦しみだったが、表現しようのない混沌《こんとん》としたものもある。

今にも破裂しそうな情動を抱えた指月は、顔を歪《ゆが》めた。

8

立ち上がると、再び口から血が溢れ出た。胃に溜まった血は、酸味を含んだものだった。

渾身《こんしん》の力を込めて窓に背を向け、立ったままの状態を保つ。

——どうか、誰も疑われませんように。

再度の祈り。

最後の願い。

——どうか、誰も疑われませんように。

死ぬ間際。頭の中に浮かんだ言葉は、ただ一つだった。

——どうか、誰も疑われませんように。

包丁を握る。息ができない。血だらけで手が滑るが、それほど力は必要ない。

酸素を欲した身体が痙攣《けいれん》した。

視界が、暗くなる。

片手で、頸動脈《けいどうみゃく》の場所を確認した。

仕上げだ。指月は手に力を込める。

首から血が噴き出た。

最後のため息が、血と共に口から溢れ出た。

第一章

嫌な夢で目を覚ました。

それは、荒唐無稽《こうとうむけい》な非現実的なものではなく、リアリティがあった。そして、忘れたい現実を鮮やかに呼び覚まし、精神を叩《たた》きのめす不愉快なものだ。

いつまで、このリフレインの呪縛《じゅばく》に囚《とら》われ続けなければならないのだろうか。

胸が締めつけられるような痛みに、身体を丸める。

部屋の中は暑く、寝付けそうになかった。大量の汗でTシャツが貼《は》りついていて不快だった。ナイトテーブルに置いてあるリモコンを取り、冷房を入れる。

時計は見なかったが、閉めきっていないカーテンの隙間《すきま》から見える外界はまだ暗い。

きつく瞼《まぶた》を閉じる。低気圧のせいか、鼓膜《こまく》がぼあぼあと音を立てて振動している。すべての音が、遠くに聞こえた。

低いエアコンの稼動音。その隙間を縫うように、雨音が聞こえてくる。

雨。夏。夢に出てきた昔の夫。

頭の中が、嫌なもので満たされる。それらが互いに絡み合う。

苛立《いらだ》ちを感じつつも、いつの間にか羽木薫《はねきかおる》は浅い眠りに落ちた。

次に目を覚ましたのは、暴力的な目覚まし時計の音によってだった。

雨が降り続いているのが音で分かる。結婚していた頃、夫は気分によってクラシックを流すことがあった。そのせいで、今も耳にこびりついた音楽がときどき頭に流れる。今は、ドビュッシーの『雨の庭』だ。

退屈で苦痛。二度と聞きたくない。

夫のことを思い出したせいか、それとも二度寝したためか、軽い頭痛がした。

薫は立ち上がり、エアコンの設定温度を下げてからシャワーを浴びた。バスタオルがなかったので、フェイスタオルで身体を拭《ふ》いてから裸のままキッチンに立ち、お湯を沸かした。

食欲はなかったが、冷蔵庫からヨーグルトを取り出して、コーヒーを飲みつつ平らげる。鎮痛剤を飲んでから、スーツに身を包んだ。

出勤まで少し時間があったので、しばらくニュースを眺めてから外に出る。

住んでいるマンションは高松町《たかまつちょう》三丁目なので、立川《たちかわ》警察署には歩いていける距離だった。

湿気が身体にまとわりついて不快だ。

息を吐いた薫は青い傘を差して、雨粒が跳ねるアスファルトを足早に進んだ。鎮痛剤が効いてきたのか、頭の痛みはなくなっていた。

八時。

勤務先である立川警察署に到着した。

刑事部屋に入ったとたん、課長の西宮亮《にしみやりょう》と目が合った。嫌な予感がする。案の定、すぐに出る準備をしろと告げられた。

細身のワイシャツに身を包んだ西宮は、四十歳という実年齢よりも若く見える。童顔ということもあるが、髪が黒くて豊かなのも一因だろう。

「なにかあったんですか」

薫が訊《たず》ねると、西宮は苦笑いを浮かべる。人生に飽き飽きしたような表情は、西宮の癖だった。

「自殺の通報があった」

「自殺？」

薫は眉根《まゆね》をひそめる。

「最初の報告を聞くかぎり、自殺だろうな。ただ、鑑識の中では、少し疑問を持っている奴もいる」

「殺しかもしれないってことですか」

「分からんが、普通の自殺現場とは違うようだ。かといって、他殺とも言いがたいらしい」

なんだそれは。薫が怪訝《けげん》な顔をすると、西宮は再び苦笑いを浮かべた。

「とりあえず確かめに行ってくれ。今、別件で人が出払っているから、お前に任せる」

「現場はどこなんですか」

「白亜の御殿だよ」

その言葉に一瞬虚を衝《つ》かれたものの、すぐにどこを指しているのか分かった。

「……蔵元《くらもと》家で、自殺ですか」

「まだ自殺かどうかは分からないがな」

「誰が死んだんですか」

「蔵元指月だ」

薫は驚きを禁じ得なかった。

西宮は続ける。

「今朝、使用人の一人が朝食に降りてこない蔵元指月を呼びに部屋に行って、血を流しているのを発見したそうだ。それ以上詳しいことは俺にも分からんから、状況を直接確認してこい」

そう言って、鍵《かぎ》を投げてよこす。捜査車両の鍵だった。

「現場の近くに住んでいる赤川《あかがわ》が先に行っているはずだ。帰りは奴を乗せて帰ってこい」

そう言うと、西宮は椅子《いす》に座ってパソコンに向かい、事務仕事を再開する。

薫は覚《さと》られないようにため息を吐《つ》いてから、踵《きびす》を返して部屋を出た。敷地内に駐車してある捜査車両のコンパクトカーに乗り、蔵元医院に向かう。

立川駅を抜け、細い道路を進む。コンパクトカーは、こういうときに便利だなと思った。普済寺《ふさいじ》をすぎたところが、目的地だった。十五分とかからずに到着できた。

十台は停められる駐車場には、鑑識のものと思われる一台の車が停まっているだけだった。

車を降り、傘を差しながら診療所に向かった。三段ある階段を上り、正面玄関の前に立つ。すりガラスなので中は見えないが、電気はついていなかった。今日は診療日のはずだが、状況が状況なので、臨時休診なのだろう。休診のプレートが掛かっていることを確認してから敷地を出て、蔵元家の正面に回り込む。目の前に巨大な建物が現れた。

白亜の御殿。

西宮の言葉は、この家を表現するのに適切だった。迎賓館と言っても違和感のない規模の洋館を正面から見据える。すべてが規格外だった。外壁は、汚れを許さぬかのような純白だった。シンメトリーに円柱が並ぶ。柱頭が渦を巻いているようなデザインで、遠目でも技巧が凝らされているのが分かる。建物にはいくつかの様式があるらしいが、目の前の様式がなんなのかは不明だった。

広々とした芝庭もあり、イギリスの貴族の住まいと説明されても違和感はない。玄関の手前には、噴水。豪邸を演出するためのものはすべて取り入れられているようだった。この屋敷を建て、維持管理する財力。いったいどのくらいの資産があるのだろうかと呆《あき》れてしまった。

身長よりも高いエドウィンフェンスを視線でなぞっていると、向こう側に人影があることに気づく。よく見知った顔の男は、こちらに近づいてきた。

「羽木さん！」

大きく手を振った赤川の顔には、場にそぐわぬ笑みが浮かんでいた。ベルトの上に腹の脂肪が載っているのがジャケットの隙間から見える。

内側から門を開け、まるで自分の家であるかのように中に招き入れた。

「なんで傘を差さないの？」

薫が訊ねると、赤川は小雨ですからと当然のように言う。たしかに大粒の雨ではないが、だからといって小雨とは言いがたいし、赤川の短く刈った髪が濡《ぬ》れて地肌が目立っていた。こんなに湿度が高いのに、スーツのジャケットをきっちりと着ている。見ているだけで暑苦しい。

赤川は、去年の春に立川警察署の刑事課に配属になったばかりだった。薫より五歳若い三十歳。教育係を命じられているが、教育と言えるようなことはしていなかった。手取り足取り教えてもらわなければ仕事ができないのなら、刑事の資格はないと考えていた。

「いやぁ、いきなり西宮課長から蔵元医院に行けって言われてびっくりしましたよ」

楽しそうに言う。赤川は、事件が大好きな変人だ。

「聞き込みはした？」

「軽くですがね。鑑識の意見も、さらっと聞いていますよ」

「内容を簡単に教えて」

玄関に向かって歩きながら問う。それなりに大きな傘だったので赤川を入れようかとも思ったが、本人がまったく気にしていないようだったので、一人で傘の庇護《ひご》を受け続けることにした。

赤川は大きなくしゃみをしてから話し始める。

「死んだのは、蔵元指月。二十七歳。医師です。両親から捨てられて児童養護施設で育った経緯があり、のちに、養子として二十四歳のときに蔵元家に引き取られ、二十六歳で蔵元舞子《まいこ》と結婚しています。第一発見者は、小高絹枝《こだかきぬえ》。五十五歳。ここの使用人です。朝食に降りてこない指月先生を不審に思った小高さんが部屋まで呼びに行き、扉をノックしたものの返事がなく、中に入って遺体を発見したそうです」

「ほかに部屋に入った家族は？」

「確認しましたが、ここの当主であり、指月先生の義理の祖父にあたる蔵元庸一郎《よういちろう》が遺体を調べるために入ったそうです。医者ですから、遺体を見るのは慣れたもんでしょう。その二人以外には入っていません」

その説明を聞き、不思議に思う。身内が部屋で死んでいたら、家族は傍《そば》に行ってみるのが普通の反応ではないか。

　薫の頭に浮かんだ疑問を、赤川は察したらしい。

「遺体からは大量の血液が流れていたため、部屋に入ることはしなかったということです」

「現場保存を考える、優秀な家族ってことね」

「そのようです」

　頷《うなず》いた赤川は、再び大きなくしゃみをした。

　ようやく玄関に到着する。息を吐き、傘を畳んだ。すると、使用人と思われる女性が傘を受け取りに出てきた。ジーンズにTシャツ、青色のエプロンをしている。年齢は、薫と同じくらいだろうか。赤川に対しては、厚手のバスタオルを手渡していた。赤川はそのタオルで勢いよく頭を拭いたので、水飛沫《みずしぶき》が周囲に飛び散る。女性が顔をしかめたが、それも一瞬のことだった。

　その様子を尻目に玄関を抜けると、眼前に大きな階段が現れた。床には赤い絨毯《じゅうたん》が敷かれており、天井には、シャンデリアが煌《きら》めいている。天を突くような高さの天井だった。壁には金縁の額入りの絵画が並んでいる。外観の絢爛《けんらん》さを裏切らぬ内装だった。

「……ここには、どのくらいの使用人がいるの？」

薫が問うと、赤川はポケットから手帳を取り出して開く。

「五人ですね。一人は住み込みで、あとの四人は通いのようです」

「第一発見者は？」

「小高さんは住み込みです。僕の主観ですけど、ここのお局《つぼね》っぽいですね」

私感はいらないと思いつつ、現場を案内させる。

二階に上がり、左に進む。等間隔に壺《つぼ》や絵が飾られていた。おそらく、かなり高価なものなのだろうが、審美眼のない薫にとってはただの壺であり、絵だった。邪魔なものでしかない。

廊下の突き当りまで進んだところの部屋の扉が開け放しになっている。オーク材の重厚な扉だった。

「もう鑑識が調べたあとですから、そのまま入って大丈夫ですよ」

先導する赤川の後ろから、部屋に入る。部屋の真ん中に、男がうつ伏せに倒れていた。壁には、大量の血飛沫が付着している。床にもべっとりと血痕《けっこん》があった。一眼レフを手に持った鑑識官が一人部屋に残り、遺体を見下ろしている。年配の鑑識官は、こちらを一瞥《いちべつ》して、そろそろ遺体を移動させるようだから手短にしてほしいと伝えて、部屋を出ていった。

な恰好《かっこう》になった。
「では、簡潔に説明しますね」赤川は遺体の傍に屈《かが》み、うつ伏せの男の顔を覗《のぞ》き込むよう
「遺体は知ってのとおり、指月先生です。僕、何度かお世話になっているので面識はあり
ます。薫さんもここに通院されたことはありますか？」
首を横に振る。なぜか赤川は笑みを浮かべた。
「そうですか。僕は家が近いので指月先生には何度も診《み》てもらっていました。僕、見た目
に似合わず虚弱体質ですから。少し前なんて、寿司を食べた翌日に腹痛と嘔吐《おうと》で大変でし
たよ。二枚貝が原因じゃないかということでした。その前は、生焼けの鶏肉を食べて腹痛
になって、二日くらい飯が食えませんでした。カンピロバクター症ってやつで、二キロ痩《や》
せましたよ。すぐにリバウンドしましたけど」
簡潔にと言ったわりには、いきなり横道に逸《そ》れていた。食あたりを虚弱体質とは言わな
いと指摘しようとしたが、話が長くなりそうなので止《や》めておいた。
赤川の説明が続く。
指月は蔵元医院の内科医として診療をしており、評判のいい医師のようだった。人当た
りの良さと、整った容姿で人気を博し、既婚者であるにもかかわらず、指月目当てに遠方
から来院する患者もいるほどだったらしい。もちろん、女性人気だけではなく、老若男女
いずれからも好かれていたようだ。

肩書はなかったが、蔵元医院の院長や副院長よりも人気で、指月を指名する患者も多い。名実ともに、未来の蔵元医院を背負って立つだろうと思われた人物。

部屋に飾られている写真立てに目をやる。美人の女性の隣に、指月が並んでいる。

薫は蔵元医院で受診したこともなく、指月とも面識はなかった。ただ、署内の女性陣の間で話が出たこともあり、また、蔵元家は地元の名士として有名だったので、自然と指月についての情報は耳に入っていた。

「死因は、失血死のようですよ」赤川は唐突に本題に入る。

「腹部を一度刺してから、頸動脈を切っています。直接の死因は、頸動脈からの失血のようですね。かなり効率よく頸動脈を切っているようですよ。出血量から見て、まぁ、失血死は妥当な判断かと」

薫は、遺体を見下ろす。

「……腹部を刺してから、首を切ったというのは妙よね。どうして最初に腹部を刺したのか分からない」

赤川の顔が華やいだ。

「あ、やっぱり疑問に思います？　僕も変だなと思いましたし、鑑識が自殺だと断定するのを保留している理由も、そこにあります。頸動脈を的確に切って絶命する能力があるのなら、最初に腹部を刺す理由なんてないですよね。妙なところはほかにもあります」

立ち上がった赤川は、窓側に置かれている机の前に行く。

「ここに遺書が置いてありましたが、血痕を辿《たど》っていくと、どうも腹を刺してから遺書を書いたようなんです。ボールペンに血痕も付着していますし、ただのノートに書かれていました。不思議だと思いませんか。普通、遺書っていうのは自殺する前に書きますよね。自分を刺して、腹から血を流しながら書くなんて、考えにくいことです」

机の周囲には大量の血痕が残っている。おそらく、ここに留《とど》まって遺書を書いたのだろう。机の上には血だらけのボールペン。ノートにも血が付着している。真ん中の辺りが開かれており、紙には皺《しわ》が寄っていた。

〝ため息に溺れてしまいました。ご迷惑をおかけします。さようなら〟

簡潔な文章だったが、最初の一文が浮いて見える。遺書に、こうした観念的な言い回しが必要なのだろうか。

震える手で書いたのか、文字がかなり乱れている。筆跡鑑定ができるだろうかと考えた。

「死のうとしてから急に未練が出て、遺書を書こうと思ったのかもしれない」

薫は言いながら、そんな可能性はないだろうと否定する。しかし、赤川はまんざらでもない様子で頷いた。

「実際に死のうとしたことがないので分かりませんが、そうかもしれませんね。ただ、やけにロマンチストなんですね。〝ため息に溺れてしまいました〟なんて」

同感だ。

腹から血を流した状態で、感傷的な文章を書く精神状態が理解できなかった。

「……ほかに、変わったことは？」

「ありませんね。扉や窓を調べましたが、外から侵入されたような形跡もありません。そもそも、この豪邸には外からの侵入を防ぐために、かなりの数の防犯カメラが設置してあります。もちろん、警備会社との契約もしています。そして、映像を確認した限りでは、不審者の姿はありませんでした。今は、この部屋になにか証拠が残っていないかどうかの結果待ちです。筆跡鑑定も依頼していますよ」

説明を聞き終えた薫は部屋を見回す。

当然だが、自分のワンルームマンションよりも広い。物を置かないタイプなのか、調度品は最低限しかない。ただ、壁一面に作られている本棚には、かなりの量の本が収納されていた。背表紙を見たところ、医療関係のものが多いようだ。ほかに、文庫本の小説も目立つ。

部屋を荒らされた形跡はない。断定はできないが、強盗の可能性は低いような気がした。

遺体を覗き込む。

死んでいるのに、顔は見とれてしまうほど綺麗だった。造形が整い過ぎており、人形に見える。血の気がなくなった顔色が、余計に作り物のような印象を強めていた。血まみれなのに、とても美しかった。薫は密かに敗北感を覚える。

白くて、細い指。そこに握られているのは、ステンレス製の三徳包丁だった。

「この包丁は？」

「一階のキッチンに同じメーカーのものが十本くらいありましたよ。そのうちの一本だと思います」

「普通に考えれば、自分でキッチンから包丁を持って来て、部屋で自殺をしたって流れね」

「普通に考えればですけど」

腕を組んだ赤川は、納得していない様子だった。

それは薫も同じだ。

改めて、妙な状況だと思った。

腹部を刺してから、遺書を認《したた》め、頸動脈を切って絶命。自殺するにしては、慌ただしい。

そのとき、部屋に人が入ってきた。遺体を移動させるという。

現場での捜査はこれで十分だろう。あとは、聞き込みだ。

赤川と共に部屋を出て、一階に降りる。すると、階段の下で、待ち構えるように一人の男が立っていた。

澄んだ目が細められ、こちらを睨《にら》んでいる。

「そろそろ、お引き取り願えないだろうか。君たちが出入りしていると、落ち着くこともできん。ただでさえ病院を休診しているんだ。さっさと仕事を終えて帰ってくれ」

一方的な主張。

血の通っていないような、冷たい声。カマキリのような細い顎《あご》を持った男のことを、薫は過去に地域新聞で見たことがあった。

蔵元医院の院長である、蔵元庸一郎だ。櫛《くし》の入った髪は、綺麗な白髪だ。年齢は七十歳を超えているだろう。ハイブランドのセーターを着て、折り目のついたスラックスを穿《は》いている。これが部屋着とは考えられなかった。

「指月は自殺なんだ」

断定的な言い方で、傲慢《ごうまん》さも垣間見える。

「いえ、まだそうと決まったわけでは……」

赤川の言葉を、庸一郎は手で制する。

「ほかに、どんな可能性があるんだ。防犯カメラの映像にも不審者は映っていないし、警報も鳴っていないんだ」

「ですが……」

「なにが言いたい？」

射貫《いぬ》くような視線を受けて、赤川は黙り込んでしまう。代わりに、薫が口を開いた。

「まずは、第一発見者の方に、発見時の状況を聞く必要があります」

庸一郎は目を細める。

「すでに、そこの彼が聞いたはずだが？」

「私も聞く必要があるんです」

「一度聞けば分かるだろう」

「別の人間が聞けば、違う感じ方をすることがあります。ご不便をおかけしますが、仕事ですので」

しばらく無言で視線を交錯させていたが、庸一郎のほうが先に顔を背《そむ》けた。

「絹枝さんなら、台所にいる。早いところ済ませてくれ」

倦《う》んだ声で言うと、庸一郎は背を向けて歩いて行ってしまった。その方向に台所があるのかと思ってついて行こうとしたが、赤川がこっちですよと言って別の方向を指さす。

庸一郎の対応を思う。

家族が死んだのに、動揺は一切感じられず、ずいぶんと冷めた様子だった。家族が自殺したら、平静ではいられないのが普通だ。

なにか、あるのだろうか。

拭《ぬぐ》い去《さ》れない違和感を覚えつつ、赤川の背中を追う。

　とても個人宅とは思えないロビーを横切り、通路を進んだ先にキッチンがあった。赤川が言ったとおり、かなりの広さだ。

　いったい、何人の食事を作るための設備なのだろうかと考え、薫は気の毒に思った。ここを掃除するのは、さぞ骨の折れる作業だろう。

　赤川は、流し台の前に立っている女性に声をかける。紺色のTシャツを腕まくりして、黒いスラックスを穿いた女性が、住み込みで家事をしている小高だった。ぴっちりと髪を後ろで縛っている。小太りで、やけに張りのあるふっくらとした頬《ほお》をしていた。

「すみません。少しお話を聞ければと思いまして」

「……また？」小高は苛立ちを露《あらわ》にする。

「私、忙しいんだけど」

「お時間は取らせません」

「まったく……なるべく早くして」

　タオルで手を拭きつつ、不満そうな表情をする。瞼が腫《は》れているのは、寝不足のせいだろうか。

「指月さんを発見した経緯を教えてください」

　一瞬の間の後、嫌々といった様子で小高は話し始める。

「私はいつもどおり朝食を作って、それで、食卓に料理を並べていたのよ。朝は指月先生が一番最初にダイニングに来られるんだけど、今日は来なかったのね、それで、珍しいなと思ったのよ」話したくて仕方がないといった調子で続ける。

「そのうちに、全員が揃ったんだけど、指月先生が一向に姿を見せないから、呼びに行ったの」

「全員というのは、ここに住んでいる方ですか」

「そうよ」

「そのダイニングに集まるのは、蔵元家の人ですか」

「そんなの、決まってるじゃない」

小高は顔を歪める。

「すみません。続けてください」

「それでね、私が二階に上がって、指月先生の部屋の扉をノックしたんだけど、返事がなくて。何度かノックしたんだけど反応がなくて。ちょっと不安になったから、失礼しますって言ってから扉を開けたら……」

小高は、言葉に詰まる。感情の昂《たかぶ》りを抑えているようだった。

「死んでいたというのは、すぐに分かったんですか」

その問いに、小高は何度も頷いた。

「もちろんよ。あんなに血だらけだったんだから。でも、ちゃんと部屋の中に入って確認したわ」

「部屋の中で、変なところはありませんでしたか。たとえば、あるはずのないものがあったとか……」

「変なことって、指月先生が死んでいたんだから、変なことだらけよ！」

語調を強めて瞳を潤ませる。そのとき気づいた。小高の目が充血しているのは、先ほどまで泣いていたからなのだろう。

「分かりました。小高さんは、指月さんの遺体を確認後、警察に連絡をしたということですね」

小高は首を横に振る。

「庸一郎先生に報告して、一緒に様子を見てから、警察に電話するように言われたの」

「警察が来るまでの間に、部屋に入ったのは小高さんと、庸一郎さんですか」

「たぶんそうよ」

「そうですか」

視線を横に向ける。赤川は熱心に手帳にメモを取っていた。

「指月さんについてですが、自殺するような兆候は見られましたか」

「まさか」小高は声を張り上げる。

「指月先生が自殺するなんて、本当に、なにかの間違いよ」

「では、小高さんは自殺ではないと思っているのでしょうか」

「そういうわけじゃ……」言葉を濁しつつ、周囲を窺《うかが》うように首を左右に振る。

「ただ……自殺なんていうのは信じられないってだけよ」

薫は、もう少し突っ込んで聞こうと口を開く。

「家族の中の誰かが、指月さんを疎ましく思っていたということはありませんでしたか」

小高は目を大きく見開いた。

「そ、そんなこと、私は知りません！」

声が震えている。

明らかに取り乱した様子の小高は、もう話は終わったというように背を向けた。丸みを帯びた背中を見つめながら、問いつめようかどうか迷ったものの、これ以上言及しても協力は得られないだろうと思い直す。

赤川に目配せしてから、キッチンを後にした。

この家の部屋から部屋へと歩くだけで、結構な運動になりそうだと思いつつ、ロビーに戻る。

ちょうど、小柄な女性が横切るところだった。赤いロングスカートに、白いブラウス。髪は肩くらいの長さで、亜麻色に染められていた。どことなく、猫を彷彿《ほうふつ》とさせる容姿をしている。目尻が吊り上がっていて勝気そうな顔つきだったが、生気が感じられず、まるで幽霊のようだった。

瞼を腫らした女性は、こちらの存在に気づくと、目を見開く。なにかを喋りたそうな気配だったが、結局、そのまま過ぎ去ってしまった。

赤川は、女性が消えていった方向を見た。

「指月さんの、奥さんですよ」

「……そう」

そういえば、指月の部屋に飾ってあった写真の女性だ。美男美女。お似合いの夫婦だっただろうにと思う。

すでに指月の遺体は遺体搬送車によって運ばれていた。

薫と赤川は残りの使用人にも簡単に話を聞き、屋敷を後にした。

仰々しい正面玄関を抜け、石畳を歩きながら左右に視線を向ける。庭園と思われるエリアには、アーチ状の柵《さく》が備えつけられており、そこに蔦《つた》が絡まっていた。遠目に、花が咲いているのが見える。花には詳しくなかったので、種類は分からなかった。

門を抜ける。

途端に薫は疲労感を覚えた。慣れない屋敷を歩いて回っている間、身体に力が入っていたのだろう。深呼吸をしてから、駐車場へと続く道を進む。

屋敷の塀に沿って歩いていると、蔵元医院の正面に出る。駐車場が車で埋まっていた。

今日は休みのはずだと思いながら病院の入り口を見ると、休診のプレートはなく、ガラス扉の向こうに患者の姿がある。

「もう開けたんですね」

赤川が驚いたように呟く。

薫も信じられないと思った。蔵元医院は、院長の庸一郎と副院長である文彦《ふみひこ》。そして、指月の三人の医師で回していると聞いた。指月が死んだ今、医院が開いているということは、庸一郎と文彦が診察をしているのだろう。

文彦にとって、指月は義理の息子である。その死を悲しんでいないのだろうか。

家族というのは千差万別であり、個々に事情を抱えている。悲しむ様子を見せないからといって、それだけで怪しむべきではない。

しかし、義理の息子とはいえ、その死を悼《いた》まないというのは釈然としない。

「運転しましょうか」

その問いに、薫は黙って運転席に乗り込んだ。肩をすくめた赤川が助手席に座ると、わずかに車体が左に傾く。

「あれ、最近太ったかな」

とぼけた調子で赤川が言う。それを無視して薫は、エンジンを入れてアクセルを踏み込んだ。

雨脚は弱くなったものの、覆いかぶさるように広がっている雲は厚く、しばらくは止みそうになかった。

信号が赤になったので停まる。雨の音が耳障《みみざわ》りだったが、ラジオをつける気にはならなかった。

「俺、蔵元家に初めて入りましたけど、噂に違《たが》わず金持ちそうでしたね。なんというか、現代の貴族って感じですよ」

現代の貴族。なかなか上手《うま》い表現だと思った。顔には出さずに、胸の内で感心する。

蔵元家は代々医者の家系で、この地で名家として続いている。噂によると元は豪族だったらしいが、詳しいことは知らない。ただ、医者の家系とは言うものの、その人望の厚さから政界からも一目置かれていた。

現在、市議会議員の一人が汚職で辞任して、補欠選挙の真っ最中だった。庸一郎の元には、後ろ盾を得ようとする候補者が挨拶《あいさつ》に来ていてもおかしくはない。

また、医師会での影響力もある関係から、検案医の確保に一役買っている。多摩地区に属する立川市には、東京都二十三区のような監察医制度がない。そのため、死因の判定が必要な場合は、地域の医師会に検案医として登録された医師が確認し、大学の法医学教室の医師が解剖を、都の要請で行う。立川市でこの制度が充実しているのは、庸一郎の尽力に依《よ》るところが大きい。そのため、立川警察署の署長とも懇意にしているようだった。

「あんな生活、一度でいいからしてみたいなぁ」呑気《のんき》な声を発した赤川が顔を向けてくる。

「薫さんは、ああいった生活に憧《あこが》れませんか」

「手が届かないものを羨《うらや》むことは、しないことにしているの」

冷たく言い放ち、もう喋りかけてくるなという笑みを向けてから、歩道に視線を移す。

不意に、胸に針を刺されたような痛みを覚える。顔が歪みそうになるのを懸命に堪《こら》えるため、下唇を噛《か》み、心を閉ざす。

「さすが、薫さん。さっぱりしてるなぁ」

赤川の感心したような声。信号が青になったので、アクセルを踏む。

小馬鹿にされたように感じたが、反応する余裕はなかった。

バックミラーを一瞥する。

歩道を歩く女性に手を引かれた、子供の背中が映っていた。黄色い雨合羽《あまガッパ》を着て、懸命に歩を進めている。

手の届かないものは、羨まない。

胸の痛みは、もう感じなかった。

警察署に戻った薫は、西宮に概要を報告した。

案の定、腹を刺してから遺書を書き、その後に頸動脈を切って絶命したと話すと、西宮は苦笑いを浮かべる。

「妙なことをやるもんだな」

「腹を刺してから、遺書を書きたくなったんでしょうね」

赤川は、それが真実であるかのように語るが、西宮は信じられない様子だった。

「事件性は、ないんだな？」

薫は軽く顎を引く。

「防犯カメラに不審者は映っていませんでした。使用人の話を聞いても、昨晩は不審な点はなかったと言っています」

「内部の犯行の可能性は？」

「完全に否定する材料はありません。ただ、遺体や部屋を見た限りでは、争った跡はありません。死に方に疑問は残りますが、他殺の可能性は低いと思います。遺体に異常がなく、遺書が本物なら、自殺と考えていいと思います」

消極的な回答だと思ったが、他殺を疑う証拠がない以上は、自殺と考えるのが妥当だろう。

椅子に浅く腰かけて腕を組んでいた西宮は、もういいぞと告げる。特に追加の指示もなく解散となった。

一度自席に座った薫だったが、喉《のど》の渇きを覚えたので自動販売機で緑茶を買い、自分の机に戻った。

「他殺の可能性は、ないんでしょうか」

目の前に座る赤川が、声をひそめて聞いてくる。

「他殺の証拠がない。遺書はある。つまり、そういうこと」

その回答に、あからさまに落胆したようだった。

ここ最近、立川警察署管内で殺人事件はない。小さな事件は日々発生しており休む暇もない状態だったが、刑事という職業を愛してやまない赤川にとっては、今の安穏とした日常が耐えられないのだろう。刑事が殺人事件を望むのは不謹慎だと思いつつも、理解できないこともなかった。

「でも、念のため、蔵元家の人間のリストをまとめておいて」

緑茶で口の中を潤してから言う。

すると赤川は目を輝かせながら頷き、机に覆いかぶさるようにして作業を始めた。

その様子を一瞥した薫は、妙な男だと思う。

赤川と同じチームになってから一年くらい経つ。短い付き合いだが、その変人ぶりには何度も驚かされ、そして呆れていた。

先月は、生活安全課の応援のため、ストーカー被害に遭っている女性の捜査に協力した。ストーカー犯とされている男は用心深く、ストーカー規制法に引っかかるような行為をしても、逮捕されるようなヘマはしなかった。犯人の行動はエスカレートしており、危険行為に発展しそうな気配もあった。

決定的な証拠が欠ける状況の中、赤川が提案したのは、自分自身がストーカーになりきり、行動パターンを先読みして逮捕するというものだった。それを聞いた署員は失笑したが、上司である西宮は面白がって許可を出したのだ。

それからの赤川は尋常ではなかった。まず、被害女性に関する情報を確認した上で、独自に調査した。そして、被害女性の行動を観察するために、尾行や待ち伏せといった方法を使い、得た情報や写真を自室に張り出したのだ。それだけにとどまらず、趣味趣向を理解し、それに合わせた生活を短期間に実現させた。その姿は、さながらストーカーそのものだった。周囲はその様子を気味悪く思っていたが、やがて赤川は、自分がストーカーならば、次はこのエリアで尾行をするといった予言を始めた。

赤川は、緻密《ちみつ》な情報収集をして、犯人になりきったのだ。やがて、赤川の予言どおりに、ストーカーが凶行に及ぼうとした現場を取り押さえ、事件は解決する。犯人が逮捕された頃には、赤川自身も犯人と同じくらい被害女性のストーカーとして完成していた。

赤川の情報収集能力や執拗《しつよう》さには感服させられたが、ちょっと気持ち悪いと思った。

薫は肩を軽く回してから、机の引き出しから報告書や未処理の束を取り出し、一つずつ片付けていく。

自殺か他殺か。個人的には、地元の名士の大豪邸で殺人事件が発生するのは興をそそられる。しかし、大方自殺で間違いないだろう。

二日後。筆跡鑑定の結果が出た。

遺書に書かれた文字は指月のもので間違いなく、他殺を疑う証拠はないということだった。

蔵元家には三年前の出来事があるので、自殺か他殺かの判断は慎重を期したものの、結局、蔵元指月の死は自殺によるものだという結論が下された。

＊

暴力についての記憶はほとんどない。

自己防衛本能が働き、記憶に蓋《ふた》をしたのだろう。しかし、成人してもなお残っている傷を見れば、ずいぶんと虐待《ぎゃくたい》されたのだと分かる。

指月は、望まれない命だった。

母親が十八歳。父親が二十一歳の頃に生を授かるが、両親にとってそれはただの〝事故〟であり、〝不幸〟だった。

東京都町田市に生まれた指月は、狭くて小汚いアパートの一室に押し込められた。そして、他人に見られてはいけないモノとして扱われていた。

当時のことは鮮明には覚えていないが、両親から向けられる怒声は、雑音として微《かす》かに耳の奥に残っている。

育児放棄された指月が、アパートのごみ溜めの中から救出されたのは、近所から異臭がするとの通報があったからだった。そのときは四歳で、三週間ほど放置されていたらしい。栄養失調になっており、生きているのが奇跡という状況だったという。便や尿を口に入れていたのと、畳を引っ掻いて食べていたようだ。生きようとする本能は凄《すさ》まじいと、後に思った。

泣かない子供だった上に、外に出ることを禁じられていたので、周囲は虐待に気づかなかった。

実際、小さい頃から泣くことはほとんどなかったように思う。その代わりに、辛いときは、ため息のような吐息を漏らしていたらしい。

無事とは言いがたい状況だったが、死を許されず、生きたまま保護された。

このような環境下で育ったためか、それとも生まれ持った資質なのか、身体の痛みには強くなっていた。ただ、心の痛みは耐え難かった。人からの悪意や誹謗中傷《ひぼうちゅうしょう》を受けるのは、死ぬほど嫌だった。

ネグレクトによる傷から回復した指月は、独りぼっちになった。両親が多額の借金をして首が回らなくなり、失踪したのだ。どうしようもない人たちだった。今では顔も思い出せない。

引き取ってくれる親戚もいなかったので、指月は児童養護施設で生活することになった。集団での行動は苦手だったが、ごみ溜めの家にいるよりは比較にならないほど快適な環境だった。施設長に気に入られたのも、落ち着いた生活を送れる一因だっただろう。施設の子供が悪戯《いたずら》などをして折檻《せっかん》される中で、指月は一度も叱《しか》られたことがなかった。模範的な子供と評されており、友達は少なかったが、職員からは可愛がられていた。

中学校に入学したときには、自分は頭がいいことに気づいていた。

出自は最悪で、立場上教育費をかけてはもらえなかったが、その代わりに指月には記憶力という武器があり、大抵のことは一度聞けば覚えることができた。

通っていた市立中学校は、お世辞にも環境の良い場所とは言えなかった。学級崩壊しているクラスもあり、イジメもあった。指月は大人しい性格だったので、イジメの標的になりそうになったことがある。実際、友人がイジメのターゲットになり、転校していった。しかし指月は、なんとか無難にやり過ごすことができた。

遊ぶお金があるわけもなく、運動も得意ではなかった。ほかに、たいした楽しみもなかったので勉強に打ち込んだ結果、都内で偏差値の一番高い高校に特待生として入学することができた。高校には経済的に恵まれた生徒が多く、話の合う友人はいなかったので、一人でいることが多かったが、校内のヒエラルキーは高かった。その理由が容姿の良さにあることは明白で、男女分け隔てなく人気があり、そのお陰で人間関係に苦労することもなかった。

高校でもトップクラスの成績で、大学の進路に迷ったとき、医師になろうと思い立った。そのときの学力ならば、どこにでも進学できたし、奨学金制度と授業料減免を駆使すれば、学費の問題もクリアできる。それに、人を助けることのできる仕事というのが気に入った。自分の力で人を治癒《ちゆ》させられる立場というのは、素晴らしいことだと思った。

また、不純な動機かもしれないが、医学部に入学すれば、家庭教師といった割のいいバイトがあると聞いた。児童養護施設は高校を卒業と同時に出なければならないので、なるべく少ない時間で稼ぐ必要があった。

授業料と学費も無料で、そのうえ給与まで支給される防衛医科大学校も視野に入れていたものの、人と争うことは苦手で、射撃の訓練などもある環境は性に合わないと思った。それに、どうせなら、最高峰の国立大学の医学部に入ってみたかった。ただ、国立大学の医学部とはいえ、入学金や授業料、諸経費を入れて初年度に百万円以上は必要だった。普通ならばそんな大金を貯めることはできないが、児童養護施設の職員数名の援助や働きかけで金銭面の問題はなくなった。

そして指月は、苦労することなく東名《とうめい》大学医学部に入学し、勉学に励むこととなった。家庭教師のアルバイトで生活費を稼ぎつつ、それなりに大学生活を謳歌《おうか》していたが、勉強を怠《おこた》るようなことはしなかった。ともかく、一人前の医者になり、生活基盤を安定させたかった。金銭的に不自由な人生を歩んできたので、お金を稼げるのなら、過疎地に勤務することも厭《いと》わないつもりだった。大学病院などは興味がなかったので、とりあえずはどこか地方の病院で勤務医になろうと考えていた指月だったが、東名大学付属病院に週二回勤務していた蔵元文彦に気に入られたことにより、思いもよらない進路へと進むことになった。

立川市にある蔵元医院の副院長をしている文彦は、息子の真一《しんいち》を亡くし、後継ぎがいないことで悩んでいた。指月は医学生の頃、大学病院で生前の真一と会っていた。忘年会といった酒席に呼ばれた際に、何度か話したこともあった。暗い雰囲気の、どこか陰気な性格だったと記憶している。

指月は勉強面でライバルが数人いたが、最終的にはトップの成績を収めることができた。人当たりもいい指月は、文彦の基準に合致したようだった。天涯孤独の身である指月は蔵元家の養子になり、蔵元医院に勤務することとなった。

医者といっても、接客業と似たようなもので、患者の扱いには注意するべきだと思っていたし、そうすることで地位を確立していった。衝突を嫌う指月は、どんな無理難題を提示してくる患者にも真摯《しんし》に対応した。それは、蔵元家の人間に対してもそうだった。そういった忍耐を積み重ねていき、信頼を得ていった。

人生というのは分からないもので、養子というのは想定外の出来事だった。

ただ、対価を払う必要のない幸福など存在しない。

蔵元家にとっては、自分がただの代用品だということには気づいている。死んだ真一の代わりに据えられただけの存在なのだ。

だからこそ、自分はもっと蔵元家に相応《ふさわ》しい人間でなければならない。そのためには、自分を押し殺さなければならない。

ため息が漏れる。

幼少時代の癖というのは、なかなか直らないらしい。

第二章

1

あいつが罵倒《ばとう》してくる傍で、あいつの親が咎《とが》めるような目を向けてくる。その視線の先には、薫の腹部があった。

いつまでも、大きくならないお腹。

あいつは、どうして大きくならないいんだと激しい口調で糾弾《きゅうだん》してくる。お前が悪いんだと決めつけ、罵詈雑言《ばりぞうごん》を放つ。その鋭利な刃《やいば》は薫の胸に刺さり、どくどくと血が流れ出す。薫は、両手でお腹を庇《かば》う。刃が喉に刺さる。反論は許されない。片方の目を刳《く》り貫《ぬ》かれる。願いは通じない。両足をもぎ取られる。自分で動く権利を与えられない。苦痛に顔を歪めるが、もはや表情が分からないほど、顔は切り刻まれていた。口が裂け、頬がベロンとめくれて落ちる。それは、ハムのようだった。殴られ、もう一方の目が破裂する。

完全な暗闇。

両手を使って、大事に、大事に、お腹を守る。しかし、あいつは、そんなところを守っても仕方ないと言う。

腕が折れ、腹部ががら空きになったその時、けたたましい電子音が鳴った。

薫は、ベッドの上で目を覚ました。

天井を見る。自分がどこにいるのか分からなかった。

頭を右に倒すと、枕《まくら》が濡れていた。そこで初めて、ここは自分の家であり、涙が流れ落ちていることに気づいた。

両手で顔を擦《こす》り、眼球を動かす。

薄いカーテンからは、陽光の存在を感じない。雨音はしなかったが、今日も天気が悪いようだ。

悪夢というのは、さまざまな恐ろしいことが起こるものだ。現実味も脈絡もないのが普通だ。しかし、薫が見る悪夢は、一つのパターンしかない。

ベッドから起き上がり、汗で湿ったTシャツとショーツを脱いで洗濯籠《せんたくかご》に放り込む。裸のままで冷蔵庫からミネラルウォーターの入ったペットボトルを取り出し、直接口をつけて飲む。口の端から水が漏れ、胸から下腹部に向かって流れ落ちる。

夢の中で見た出血を想起してしまい、眉間《みけん》に皺を寄せた。

ペットボトルを冷蔵庫に戻し、エアコンの電源をつけてから風呂場に向かう。

蛇口をひねると、水が勢いよく流れ出した。

タイルを叩く水の音が、ホワイトノイズとなって鼓膜から頭に入ってくる。今は、あいつの声も、あいつが好きだったクラシック音楽も聞こえない。

わずかに落ち着きを取り戻した薫は、悪態をつき、叫びたい衝動を、汗と一緒にシャワーで洗い流す。

歯を食いしばると、血の味がした。

離婚してから見る悪夢は、いつも同じ内容だった。

現実にいる元夫と、夢の中での夫の顔は細部まで似ており、今もなお罵倒されている状況なのが腹立たしい。

髪を濡らさないように気をつけながら、ボディソープで身体を洗う。

下腹部の辺りに手を当てたとき、鏡に映る自分の顔が歪んだ。

思考が、過去に飛ぶ。

――子供ができにくい身体です。

大学病院の医師の言葉を聞いた薫は眩暈《めまい》がして、椅子から落ちそうになった。なんとか自力で体勢を立て直した。もし頽《くずお》れたとしても、隣で不満顔をする元夫は手を差し伸べなかっただろう。

――ですが、妊娠は可能です。

続けて言った医師の表情は明るかった。可能という単語に安堵《あんど》を覚えたが、元夫の表情が和らぐことはなく、ほとんど無言だった。そして、元夫と、その両親による攻撃が始まったのだ。妊娠ができないわけではないと言っても、まったく聞き入れてもらえず、まるで存在自体が忌《い》むべきものであるかのような扱いを受けた。それでも薫は、元夫にすがりついた。大学時代に出会い、その後は友人として交流を続けた。お互い仕事が忙しく、独り身であることに慣れていた。ただ、タイミングが合ったのだと思う。自然と付き合うようになり、そのままの流れで結婚した。

薫は、元夫のことが好きだった。しかし、手酷《てひど》い仕打ちを受け、半ば強制的に離縁させられた。

すべては、過去のことだ。しかし、深い傷痕は残っており、そこから血が流れ続けていた。

浴室から出て、バスタオルで身体を拭いた。エアコンの冷風を浴びながら滲《にじ》み出《で》る汗を乾かし、あらかじめ昨晩用意しておいた服を着た。

時計は、七時を回ったばかりで、出勤まで時間は十分にあった。

作り置きしておいたアイスコーヒー、サラダを冷蔵庫から取り出し、トースターを使ってパンを焼く。

いつもどおりの手順で準備を進め、五分後には食卓に朝食が揃う。

コーヒーに口をつけてから、テレビのリモコンを操作する。チャンネルをニュースに合わせるが、これといって興味を惹《ひ》かれるものはなかった。

　スマートフォンを左手で持ち、暇つぶしによく見るニュースサイトを開く。未解決の重大事件がまとめられているサイトで、殺人事件や、被害額の大きい強盗事件が並んでいた。個人が運営しているもので、アクセスは多そうだ。皆、凄惨《せいさん》な事件が大好きなのだ。

　親指を動かしてスクロールする。

　三カ月前に新宿で起きた殺人事件についての記事のところに〝更新〟マークが付いていたので、タップする。すでに、懐かしいニュースだった。花園神社付近の細い路地で倒れていた他殺体について、新宿警察署が追っていることが書かれてあった。捜査本部は解散していないだろうが、最低限の人員に減らされているだろう。

　犯行現場の目撃者はいなかったが、殺された男と一緒に歩いている女性の目撃証言はいくつかあった。女性のほうは、かなり深刻そうな顔をしていたらしい。

　目撃証言が多いのには、その女性が美人だったということが起因しているようだった。

　結局、複数人が目撃している美人は発見できなかったものの、それぞれの目撃証言からなるモンタージュ写真を作成。重要参考人として美人を追っていた。その美人の姿が映った防犯カメラの映像が残っていたが、一般には公開されていない。薫はその映像を見た。ツバの広い帽子で顔が隠れていたものの、隙間から見える顔は十分に美人と分かるものだった。立ち居振る舞いも洗練されていた。

犯人かどうかは不明だったが、男と直前まで会っていた人物。捜査本部では全力でその女性の行方を追っているらしいが、今のところ有力な手がかりはないということだった。

ニュースサイトの〝更新〟は、事件の進展ではなく、公開されていないはずの女性のモンタージュ写真が掲載されていた。どこから漏れたのかと思いつつも、捜査本部が故意に流した可能性もあるなと思った。

薫は市販のマーマレードを塗りたくったパンに齧《かじ》りつきつつ、モンタージュ写真を眺める。

目鼻立ちのくっきりした美人。女は化粧で別人のように化けるが、素地をすべて変えることはできない。この似顔絵の女性は、おそらく化粧をしなくても美しいだろう。普段は不気味に見える似顔絵が、まるで西洋絵画のような美しさを湛《たた》えていた。

こんなに容姿に恵まれているのに、どうして人を殺したのだろうかと無意味なことを考えつつ、別のことが頭に浮かぶ。

この人は、子供を作れるのだろうか。

女性を見ると、いつもその考えが頭を過《よぎ》った。どんなに意識しないように努めても、抑えがたい力でもって意識の蓋を押し上げてくる。

そんなことを考える自分が惨めで仕方なかった。胸のあたりからせり上がってくる悔しさを、下唇を嚙むことで抑える。

ニュースが終わり、天気予報が始まる。この季節には珍しく、今日も雨の予報だった。コーヒーを飲み干してから立ち上がり、出勤の準備をして外に出た。

思った以上に風の強い日だった。

傘が持っていかれないよう両手で持ちながら、俯《うつむ》き加減に歩く。立川署に到着したときには、服が濡れて不快だった。

同じ課員の赤川はすでに出勤しており、パソコンを睨んでキーボードを叩いていた。

「おはよう」

薫の声に、赤川は顔を上げて挨拶を返す。顔がむくんでいる。昨日深酒でもしたのだろう。

自分の席に座り、引き出しの中からメモ帳を取り出す。今日するべき内容が箇条書きにされていた。滞《とどこお》っている仕事をメモ帳に明記しておく癖があった。抱えている事件の報告書が多い。事件が発生しなければ、終日デスクワークだ。

課長である西宮が朝礼を始める。

現在継続捜査中の事件の進捗《しんちょく》の話が終わり、立川市長選挙のことに移る。建設会社との汚職が明るみになって市長が辞任した。現在は、選挙の日程が迫っている。公職選挙法違反がないか目を光らせるのも、警察の役目だった。

朝礼を終えた薫は、余分なものが一切置かれていない机の上に書類を積み上げる。その量に辟易《へきえき》しつつも、やらなければ終わらないと自分に活を入れて仕事に取りかかった。

事件解決から、ずいぶんと時間が経ってしまったものもある。当時の記憶を辿りながら、報告書を記入していく。重要事件ではなく、上からも強く求められないものについては、どうしても後まわしになってしまう。

刑事というのは、捜査が中心だと思っていた。しかし、捜査本部が立ち上がるような事件が発生しなければ、刑事の日々というのは案外単調に過ぎていく。ただ、暇になることはなかった。

二カ月前に発生した放火事件の報告書を書き終えたところで、背後に気配を感じた。

「羽木」

振り向くと、西宮が立っていた。八の字眉の苦笑い。その表情は、ろくな話ではないことを暗示していた。

「なんでしょうか」

立ち上がって応じると、ちょっと話があると小声で言われた。

廊下に出る。床は清掃が行き届いていたが、靴の底を擦ったような黒い跡がところどころにあった。履《は》き潰《つぶ》す前提で靴選びをしている刑事は多い。摩滅《まめつ》しやすい靴底が行き来した結果なのか、もしくは靴用クリームを塗るのが下手《へた》な人間がいるのか。

「ちょっと、面倒なことになった」

西宮は周囲を気にしつつ、顔を近づけてくる。缶コーヒーの人工甘味料の口臭が気になった。

続きを待っていると、西宮はため息を漏らしてから頭を掻いた。

「蔵元家の件があっただろう」

「自殺した蔵元指月のことですか」

西宮は頷く。

「そうだ。その件で、調査依頼が来ているんだ」

「調査？」

薫は眉根を寄せる。

調査もなにも、指月の死は自殺として処理されたはずだ。つまり、警察の手から離れている。日数が経っているので、葬式も終え、遺体も焼いてしまっただろう。そもそも、捜査ではなく、調査と表現していることが引っかかった。

「……事件性があったということでしょうか」

三年前にあったという蔵元真一の自殺の件が頭を過る。しかし、どうやら違うらしい。質問に対して、西宮は煮え切らない反応をする。

「現状は、なんとも言えない」

「それなら、どうして調査する必要があるんですか」

当然の疑問を投げかけるが、西宮は渋い顔をするばかりで、特に反応を示さなかった。

一向に話が見えないので、だんだん苛立ってくる。

「話がないのでしたら、戻ります」

そう言うと、西宮は慌てたように口を開いた。

「実はな、指月先生の奥さんが今、署長に会っているんだ」

「……署長って、うちのですか」

薫は天井を指さす。

「ああ」

困り顔のまま、西宮は腕を組んだ。

意外な話に、まったく先が見えない。

「どうして、奥さんが？」

「それが、さっき言った調査の件に繋《つな》がるんだ。詳しくは分からないが、奥さんが指月先生の死は自殺じゃないと主張しているらしいんだ」

そう言ったとき、携帯電話の着信音が響く。驚いたように目を丸くした西宮は、胸ポケットに入っていたスマートフォンを取り出し、耳に当てた。

「はい！　なにかありましたでしょうか」

一オクターブ高くなった声の具合からして、相手は階級の上の人間だろう。離れていく西宮は、電話をしながら何度も頭を下げていた。

引き締まった背中を見ながら、薫は指月の遺体を思い出していた。

血飛沫が飛び散った壁。自殺にしては派手な現場だった。しかし、部屋を荒らされたような痕跡はなく、窓からの侵入も考えられない。疑う余地がないわけではないが、自殺と考えるのが妥当な現場だ。

電話を終えた西宮が戻ってくる。耳のあたりから頬にかけて汗で濡れていた。

「署長室に来いということだ。行くぞ」

「え？ 私もですか？」

拒否したいという気持ちを声に込めて訊ねる。しかし、西宮には通じなかったようだ。

「やはり、調査をしてほしいということらしい。蔵元家の人間の願いを無下にはできないだろう」

――蔵元家の人間の願い。

このエリアのローカルルール。蔵元家は、警察にとって優先度の高い存在だった。

「どうして、私が一緒に行く必要があるんでしょうか」

疑問を口にすると、西宮は気の毒そうな顔をした。

「簡単な話だ。お前を専従捜査員としてあてがうことにしたんだよ」

「は？」突然のことに、反感の声が漏れる。

「私には、別の仕事が……」

「赤川にでもやらせておけ」

薫は食い下がる。

「その赤川に、蔵元家の一件をやらせるのはどうでしょう。最近大きな事件がないって嘆いていましたから」

回避を試みるが、西宮の表情を見ると、どうやら無駄のようだった。

「あいつは、適任じゃない。失礼な発言や行動をする可能性がある」

それは否定できない。赤川は空気を読まないところがある。それが長所でもあり、短所でもあった。

「蔵元家の機嫌を損ねることなく、奥さんの納得のいく調査をしてくれ。蔵元家の重要性は、分かっているよな？」

念を押されるまでもない。今の検案医の体制が充実しているのは、蔵元庸一郎の助力があるからだ。

名士のお嬢様のお守なんて御免だ。最後の抵抗を試みようと口を開く。

「私でなくても、ほかに別の人間が……」

「行くぞ」

命令口調の一言で、薫は観念した。

エレベーターで最上階に到着する。署長室の扉をノックした西宮に続いて部屋に入った。応接セットのソファの右側には、署長である亀島《かめしま》が座っている。いつも偉そうにふんぞり返っているのに、今日は縮こまっていた。萎《しぼ》んだ風船のようだ。

左手には、小柄な女性が座っていた。その容姿に見覚えがある。指月の遺体の確認をしに行ったとき、ロビーを横切った女性であり、指月と一緒に写っていた人物。

血の気が失せた顔は白く、まるで陶器でできた人形を思わせる。顔色が悪いのさえ武器にしてしまうのは、美人の特権だなと不満を漏らしたくなった。薫は女性の隣に座る。

「こちらの方は、蔵元舞子さんだ。庸一郎先生のお孫さんで、文彦先生の娘さんだ」

亀島は、やんごとなき人間を紹介するような口調で言う。〝舞子さん〟ではなく〝舞子様〟と言いだしそうな調子だった。

西宮に続いて、薫も挨拶する。簡潔に、名前と所属だけ伝えた。

亀島が睨みつけてくる。その目は、失態を犯したらただじゃおかないぞと物語っていた。薫は気づかないふりをした。

署長がへこへこと頭を下げている。大袈裟《おおげさ》すぎる対応だなと思いつつも、署長という立場上、仕方のないことなのだろうという同情心も湧いた。

蔵元家は、この一帯では特別な存在だった。庸一郎は、医者としても輝かしい功績と地位があり、医師の世界に影響力があるのは当然だったが、先代が政治寄りの人間だったらしく、その威光を借りようとする政界や財界の人間が今も蔵元家を訪れることも珍しくはないようだ。その力は、司法機関である警察にも及んでいる。そういう意味では、署長の対応は道理だと思った。

「先ほど話しました専従捜査員として、この羽木を選抜しました」

亀島が薫を指さす。

押し付けられただけだと言いたかったが、我慢する。せめてもの反抗の意味を込めて、ぞんざいな調子で軽く頭を下げた。

舞子は、真っ直ぐに薫の目を見つめてくる。泣きはらした瞼は赤く、痛々しかった。か弱い容姿に反して、瞳には力がある。

「突然のお願いをしてしまい、申し訳ありません」

舞子は、立ち上がって深々と頭を下げる。声にも態度にも、傲慢さは見られない。実るほどに首《こうべ》を垂れるというやつかと苦々しく思うと同時に、自分の幼稚さを少しだけ恥じた。

薫は背筋を伸ばす。この状況では、調査を断ることはできない。それならば、早くこの件を終わらせることに注力するだけだ。

舞子が座ったところで、薫は口を開く。

「一点質問があります。指月さんが亡くなったことについて、自殺ではないと思われた理由をお聞かせください。他殺だとして、疑わしい人物がいれば情報共有させていただければ助かります」

「き、君っ……そういった言い方は……」

「いいんです」

亀島は気色ばむが、舞子が間を置かずに口を挟み、大きな目を向けてくる。

「疑わしい人間は、分かりません。ですが、夫が私を置いて自殺するなんて考えられないんです」

「つまり、犯人の見当はつかないものの、他殺だと思っているんですね」

その言葉に目を伏せた舞子は、決意したように視線を上げた。

「そのとおりです」

「理由は、舞子さんを置いて死ぬはずがないという一点だけですか」

亀島が茹蛸《ゆでだこ》のように赤くなっている様子が、目の端に映った。

舞子は頷く。

「そう思っていただいて構いません」

薫は、ゆっくりと息を吐いた。根拠なしということだ。

「指月さんの死の真相を暴けば、それでいいんですね」

言いながら、その言葉が空虚に感じる。指月の死は自殺というのが警察の判断であり、薫も納得していた。

それなのに、曖昧《あいまい》な理由で再調査をさせられるのだ。これから始めることは、一種の茶番劇だ。

舞子は一文字に結んだ唇を開く。

「私は、夫が死んだ本当の理由が知りたいんです」

自己満足のために警察を使えるなんて、良い身分だ。その思いを、薫はおくびにも出さなかった。

「分かりました。では、蔵元家での聞き込みから始めようと思います」

「ぜひ、お願いします」

舞子の表情が和らぐが、悲哀の色が薄まることはなかった。

薫は、どうせ避けられないことならば、これもいい経験かもしれないと割り切ることにした。

「では、さっそく行きましょう。あまり時間もないことですし……」

舞子を立ち上がらせようと声をかけるが、亀島がそれを遮った。

「わたくしからも一つ、お聞きしたいことがあります」

いつもの濁声《だみごえ》が、今日は猫なで声だった。その落差を気持ち悪いと思い、薫は身体を震わせる。

「この件について、庸一郎先生はご了解いただいているのでしょうか」

その問いに、舞子は押し黙る。亀島が不安顔で待っているが、一向に話し出そうとしない。

「ご存じないということは……ありませんよね」

泣きそうな亀島の言葉に、舞子は首を縦に振った。

「もちろん、伝えました」

「……でも、ご納得されていないと？」

「いえ、納得はしてもらっています」

太股《ふともも》に置いている手を強く握った舞子は、ゆっくりとした口調で事情を説明し始めた。

指月の遺体が発見された日、舞子は庸一郎に対して、自殺するはずがないから警察に再捜査を依頼するよう主張した。庸一郎は聞く耳を持たなかったものの舞子は譲らず、警察に協力を仰ぐと言ったらしい。そして、押し問答の末、庸一郎が折れた。蔵元家に関わるすべての意思決定は、当主である庸一郎が取り仕切っており、反論は許されないようだが、舞子にだけは発言の余地があるらしい。

「おじい様は、私の言葉にだけは弱いんです」

舞子は少しだけ得意げに言う。それを聞いた薫は、我儘《わがまま》が通じただけかと思い、気持ちが萎《な》えそうになった。

「庸一郎先生がご納得していらっしゃるのでしたら、我々は全面的に協力しますよ！」

先ほどまで顔を青くしていた亀島は、安心感を覚えたようだ。ただ、その表情は晴れやかというにはほど遠い。庸一郎が今回の調査に乗り気ではないということの弊害を心配しているようでもあった。

「感謝します」

舞子は、わずかに笑みを浮かべた。

「いえいえ。庸一郎先生には、日頃からお力添えをいただいておりますので。どうか、こき使ってやってください」

亀島がこちらを見る。

警察は御用聞きじゃないという反論を腹の中に残したまま、しぶしぶといった調子で頷いた。

薫は、すぐに蔵元家に向かうのかと舞子に問う。すると、いろいろと準備があるので、十九時に来てほしいということだった。

準備というのはなんだと思ったが、ただ頷くだけに留めた。

自分が首振り人形になったような錯覚を覚える。

全員で署長室を出て、警察署の外まで見送りをした。特別待遇だ。おそらく、警視総監の次くらいの対応だろう。紫色の傘を差していた舞子は、一度だけお辞儀をしてから、停車していた高級車に乗り込んだ。もちろん、運転手が後部座席を開けて待っていた。

滑らかなエンジン音を伴いつつ、やがて車は視界から消えていった。

薫が署内に戻ろうとすると、署長の濁声に呼び止められる。そして、署長室に軟禁され、失礼のないようにと重ね重ね言われてから解放された。

時計を見ると、十二時を回っていた。一日分のストレスを受けたなと感じつつ刑事部屋に戻り、バッグから財布を取り出した。

「昼飯は、俺がご馳走《ちそう》してやるよ」

唐突に、西宮に声をかけられる。

「私を生贄《いけにえ》にした、せめてもの償いですか」

財布を元の場所に戻しながら言った。

西宮は、ばつの悪そうな表情を浮かべたが、図星らしく返答はなかった。

立川警察署から歩いて五分ほどのところに、松竹屋《しょうちくや》という蕎麦屋《そばや》があった。この一帯では値段が高く、階級の低い署員が利用することは滅多にない。薫も数えるほどしか食べたことはなかったが、自分の財布が痛まないということならば話は別だった。

店内には、普段着の裕福そうな老夫婦のほかには客はいなかった。開店は十一時。今はお昼時なのに、この入り具合で経営は大丈夫なのだろうかと、いらぬ心配をする。せめて、客単価を上げるために、たくさん頼もう。

何食わぬ顔で、天丼定食のほかに、鰻《うなぎ》の白焼きを注文する。西宮は、低い声で唸《うな》っただけだった。

ざる蕎麦を頼んだ西宮は、店員にメニュー表を返す。左手の薬指には、細かい傷がついた銀色の結婚指輪。聞いた話では、家庭では妻や娘の権力に屈しているらしい。当然、給料の分配の主導権も握られているだろう。貴重な小遣いを消費させてしまったという罪悪感が少しだけ芽生えたが、これからのことを考えると、デザートを頼んでもお釣りがくると思った。

蔵元家。政財界や警察組織に影響力のある地元の名士。君子、危うきに近寄らずというのは至言だと思うが、それを実行できないことが悲しかった。

西宮は背凭《せもた》れに身体を預けつつ、口に咥《くわ》えた煙草に火を点《つ》けていた。署内は全面禁煙なので、外に出る機会の少ない中間管理職にとっては、さぞや辛い環境だろう。

こんな小さな蕎麦屋でも、しっかりと分煙されている。ここは喫煙席だった。薫自身、煙草の煙には慣れているから気にならなかった。

「災難だとは思うが、上手くやってくれ」

ヘビースモーカーの西宮は、すぐに一本吸い終わり、灰皿に煙草を押し付けた。灰がわずかに舞うのを見ながら、薫は口を開く。

「別の人間にやってもらえばいいじゃないですか。私だって忙しいんです。我儘を聞くだけなら、総務課とかの人間に任せればよかったんです」

「……お前なら、上手くやれると思ったんだ。内勤の人間じゃ力不足だ」

周囲を見渡した西宮は、声をひそめる。

「実感がないかもしれないが、蔵元家は、本当に厄介なんだよ」

「そのくらい、知っています」

「いや、知らないな」西宮は目を細める。

「蔵元家にそっぽを向かれたら、検案医の制度が崩壊しかねない。ただでさえ、法医学者の確保が難しいんだ。それを蔵元庸一郎の力で、優先的に斡旋《あっせん》してもらっているんだ。そのお陰で、検案医の制度が維持できるし、迅速に処理できる事件も多い」

「つまり、今回の労力は、今後のためを思えば大したことはないと言いたいんですね」

「いや、そういうわけでは……」

語尾を濁らせる。分かりやすい反応だ。

「まぁ、もう拒否できる状況ではないことは分かりました。私ができるのは、機嫌を損ねることなく、あのお嬢様を納得させて、なおかつ蔵元庸一郎を敬うことですよね」

「……助かるよ」

大きく息を吐いた西宮。若々しい容姿が、今は、十歳は老けて見えた。

料理が運ばれてきた。

二人は無言でそれを胃に流し込む。ざる蕎麦を早々に食べ終えた西宮のもの欲しそうな視線に屈し、鰻の白焼きを二切れ渡すことにした。西宮はそれを有難そうに食べていた。

署に戻ると、刑事課の赤川が待ってましたとばかりに近づいてきた。

「できましたよ」

「……なにが？」

唐突に言われた薫が訊ねると、赤川は手に持っている紙の束を渡してきた。

「なにって、蔵元家のリストですよ」

そういえば、そんなものを作ってほしいと依頼していたことを思い出す。

リストを見ると、蔵元庸一郎を筆頭に、蔵元姓の人間が並ぶ。ご丁寧に、使用人の名前まであった。年齢と職業、そして間柄が書かれているだけの簡単なものだったが、かなり手が込んでいる。

「指月先生の自殺、調査することになったんですよね。もう、署内で噂が広まっていますよ。指月先生の他殺説」

その声には、羨望《せんぼう》の思いが含まれている。可能ならば、是非とも替わってほしいと思って提案してみると、赤川は想像以上に喜んだ。しかし、西宮の却下により、状況が変化することはなかった。

「あの現場は、他殺じゃない」

薫の、偽りのない言葉だった。自殺と考えると奇妙な点はあったが、他殺を疑うほどではない。

「まぁ、そうでしょうね」しょぼくれていた赤川は、あっさりと同意する。

「でも、地元の名士の豪邸を調査するなんて、探偵みたいじゃないですか」

返事をするのも馬鹿らしくなったので、無言で自席に戻った。

赤川は後を追ってきて、目の前に座る。

「なにかあれば、力を貸しますので」

「なんだ。暇なのか。それなら羽木のサポートをしてくれ」

西宮が、赤川の背後に立って肩を叩く。

「え、いいんですか！　それなら今すぐ屋敷に行って……」

「サポートだって言っただろ」

今にも飛び出していってしまいそうな赤川を、西宮が手で押さえつける。

「蔵元家に出入りするのは羽木だけで、お前は情報収集係だ。それこそが、お前の特技であり、事件を解決する鍵になるかもしれないからな。重要な役割だと思ってくれ」

「え、でも屋敷に……」

「重要な役割は、大抵裏方なんだ」

「……まぁ、それでもいいですけど」

落胆した様子だったが、西宮の賞賛にまんざらでもない表情を浮かべて同意した。

薫としては、面倒な蔵元家の案件を赤川に押し付けたかったのだが、やはり無理のようだ。

自動販売機でコーヒーを買ってから、机の上でリストを眺めたり、山積している報告書を処理していく。

溜まっている仕事を順調に片付けていった薫は、ふと手を止め、署長室で会った舞子の姿を思い返す。

ご令嬢というイメージに違わず、上品な雰囲気をまとっていた。線が細く、表情も柔らかい。一見すると弱々しい印象。半面、目に力があり、意志の強さを窺わせる。再調査の依頼を署長に直談判《じかだんぱん》するくらいだから、我が強いのだろう。学生時代に、周囲を振り回すタイプの同級生がいたが、どことなく似ていると思った。

ともかく、早く調査を終わらせることに専念しようと思って、再びキーボードを叩き始める。

立て続けに三つの報告書を片付ける。事務仕事は性に合わないなと左手で右肩を揉《も》む。時計を見ると、すでに十八時を回っていた。

もう集中力が切れてしまった。

約束は十九時。

外出から戻ってきたばかりの赤川に声をかけて、捜査車両で蔵元家に送ってもらうことにした。

運転席でハンドルを握る赤川は、車中で何度も救援要請があれば駆けつけると言っていた。どうして首を突っ込みたいのかと聞くと、赤川は一瞬押し黙ってから、屋敷で犯人捜しをするというシチュエーションにロマンを感じると告白した。子供の頃に抱いた夢の一つだという。

羨ましそうな視線を向けてくる赤川を残し、車を降りた。

空はすでに暗くなっていた。生温《なまぬる》い風は穏やかだったが、雨は降り続いている。蔵元家を囲うフェンスの内側には、等間隔に外灯が並んでおり、周囲を照らしている。その先に、私邸とは思えない規模の建物がそびえ立っていた。

門を開けようと思ったが、どうやら電子錠のようだった。

柱についているインターホンを押す。しばらくして、女性の声が聞こえてきた。聞き覚えのある声。たしか、前回来たときに傘を預かってくれた使用人だ。

名前を名乗る。

〈お待ちしておりました〉

短い言葉の後、門が開錠される音が耳に届く。

お入りくださいという一言に促され、濡れた門扉《もんぴ》を手で押し、敷地内に入る。屋敷に向かって進むと、背後で門が施錠される音がした。

敷地内を歩く。だんだんと、屋敷が大きくなってくる。当たり前のことだ。しかし、あの建物に普段から人が住んでいるということを勘案すると、その巨大さを異様に感じてしまう。

石階段に足をかけたところで、正面玄関が開いた。

出迎えたのは、先ほどの声の主と思われる使用人と、舞子だった。

「お忙しいのに、申し訳ございません」

丁寧なお辞儀。傘を使用人に手渡した薫も、お辞儀を返す。

屋敷の中に入る。冷房が利いており、快適だった。門からここまで来るだけで背中に汗をかいていたので、この涼しさは助かる。

「こちらへどうぞ」

使用人の女性は、感じのいい声を発した。名前が分からなかったので訊ねると、女性は困惑したような表情を浮かべつつ、有川《ありかわ》だと名乗った。

薫は、赤川が作ったリストの内容を思い出す。ここに来るまでに、だいたいのことは記憶していた。

有川真理恵《まりえ》。三十五歳。三年前に離婚。十五歳になる一人息子を一人で育てている。現在付き合っている特定の男性はいない。

このデータを赤川はいったいどうやって揃えたのだろうかと疑問に思ったが、深くは考えないことにした。

「食事を用意しましたので、召し上がっていってください」

舞子は柔らかい笑みを浮かべつつ提案する。

この時間帯に呼ばれたということは、夕食に誘われるだろうとは思っていた。ただ、謙虚を美徳とする日本人の習慣に当てはまった行動を取ることにする。

「いえ、私は……」

「遠慮しないでください。蔵元の人間を紹介する良い機会ですので」

舞子は笑みを浮かべる。

「それでは、遠慮なく」

願ったり叶ったりの状況だ。ここで顔合わせをすれば、調査がやりやすくなる。できるだけ迅速に、事件性がないことを明らかにするのが薫の至上命題だった。

ロビーを横切り、開け放たれた扉をくぐると、巨大なダイニングが広がっていた。長く、大きなテーブルが部屋の中心に据えられている。レオナルド・ダ・ヴィンチが描いた『最後の晩餐《ばんさん》』を模倣《もほう》した写真が撮れそうな場所だった。

テーブルの一番奥では、庸一郎が薫を睨んでいた。名家の当主だけあって、威厳と迫力があった。どことなく、石膏《せっこう》で作られたソクラテスの髭《ひげ》を剃《そ》って、痩せさせたような印象を受けた。

蔵元庸一郎。七十五歳。蔵元医院の院長であり、蔵元家の当主。妻とは十年前に死別している。

「あちらに座ってください」

舞子が示す先は、庸一郎が座る場所の傍で、向かって右側だった。

どう挨拶したらいいのか分からなかったので、立ったまま所属と名前を言い、指定された席に座った。

目の前の男は、座る位置と年齢からして、庸一郎の息子だろう。

蔵元文彦。五十五歳。蔵元医院の副院長。もやしを彷彿とさせる容姿だった。色が白く、線が細い。庸一郎の威厳は、まったく受け継いでいないらしい。ただ、地位が人を作ると言われるように、蔵元家の当主になったら変わるのかもしれない。

隣に座っているのは、文彦の妻のようだ。

蔵元真紗子《まさこ》。五十三歳。週に二度、カルチャースクールの陶芸教室の講師をしている。また、いくつかの習い事もやっているらしい。

真紗子は紺色のワンピースを着ていた。端整な顔に、上品な佇《たたず》まい。金持ちの奥様として申し分ない外見を備えているなと思いつつ、視線を隣に向けた。

不機嫌そうな顔をしているのは、文彦の次男の佑二《ゆうじ》だ。髪をしっかりと撫《な》でつけており、微かに香水の匂《にお》いがする。白いワイシャツを第二ボタンまで外していて、そこから銀色のネックレスが覗いている。肌を焼いて黒くしており、遊び人といった雰囲気だった。

蔵元佑二。二十六歳。蔵元医院の事務長。医学部に落ち続け、三流大学の経済学部に入学し、卒業。当然、医師免許は持っていない。長男の真一は医師だったが、三年前に自殺していた。間隔は空いているとはいえ、二人の自殺者が出ている蔵元家。そこに違和感を覚えた捜査員もいたが、結局は関連がないとされた。

佑二の隣に、笑みを浮かべている舞子がいる。二十六歳。佑二とは双子だが、似ても似つかない。

この空間に、蔵元家の人間が揃っている。全員の顔を頭の中に叩き込んだ。

薫が座ったのが合図となり、使用人が料理を次々に運んできた。さすがに、一品一品順番に出てくるわけではないようだ。ただ、それぞれの皿に載っている料理の盛りつけは、さながらフレンチレストランのように凝っていた。家庭料理とは言いがたい。サーモンの上に載っているものは、キャビアだろうか。牛肉の赤ワイン煮もある。そのほかのものは、どんな材料が使われているのか不明だった。

赤川が調べた限りでは、夕食を通いの料理人が作ることも珍しくないらしい。料理を運んできた女性は、先ほど玄関で会った有川だった。アルコールを飲むかと聞かれたが、勤務中だからと断った。

食事が進んでいく。誰も、なにも喋ろうとはしない。皆、薫のことを警戒しているらしいことは肌で感じるが、あえて触れてくる人間はいなかった。

無言のまま食事が終わってしまうのではないかと思っていると、舞子が唐突に話を切り出した。

「これから少しの間、羽木さんが調査をすることになりました。真相を究明するため、どうか、調査にご協力ください」

ぴたりと、皆の手が止まる。空気が張り詰めた。

薫は、舞子の様子に違和感を覚える。初対面のときの淑《しと》やかさは鳴りを潜め、決然たる意志がその声に宿っていた。

「……また、こいつの我儘に付き合わされるのか」

隣に座る佑二が悪態を吐き、こちらを見た。

「結局、あいつは自殺ってことなんだろ？　警察はそう言ってたじゃないか」

問われた薫は、頷きたい気持ちを抑える。

「……当初は自殺と判断しましたが、遺族の方のご意向によっては、再調査することもあります」

もっともな言いわけを言葉にできたと思ったが、佑二は不満を抑え込もうとはしなかった。

「再調査ってのは、つまり、俺たちを疑っているということだよな」

そう言って佑二は、舞子を睨みつける。舞子は、挑むような表情を浮かべた。

「夫は、絶対に自殺なんてしないわ」

声には怒気のようなものが含まれていた。

佑二は、薄ら笑いを浮かべる。

「お前は、本気であいつを殺した人間がこの中にいると思っているのか」

「もちろん、いるかもしれない。でも、この家で仕事をしている人かもしれないわ」

舞子の言葉に、水を注いで回っていた使用人が不安そうな面持ちをしつつ、聞こえないふりをして部屋を出ていった。

「どうしてお前はいつも……」

「ともかく、食べるぞ」

佑二の言葉を遮った庸一郎は、ナイフとフォークを取って肉を切り始める。

苦々しい顔をした佑二は、なにか言いたそうに口を開いたが、結局は何も言わず、乱暴に肉を口に運んだ。

ほかの皆も氷解したように動きだし、それぞれ料理を食べ始めた。

淡々と食事は進んでいく。テレビもなければ、音楽が流れているわけでもない。薫は、出された料理を食べつつ、観察に徹することにした。

もし、指月が他殺だった場合のことを考える。

最初に考えるべきは怨恨《えんこん》の線だ。

指月は、副院長である文彦に気に入られて、養子としてここに受け入れられた。養子を迎えた理由は、蔵元医院の後継ぎを育てることが目的だろう。文彦の子供は三人。その中で医師免許を持っていたのは、長男の真一だけだったが、三年前に自殺している。次男である佑二は医学部に入れず、結局は蔵元医院の事務長という地位に納まっている。舞子は、薬剤師の資格を持っており、蔵元医院の近くにあるチェーン店の薬局に勤務していた。

後継ぎ不在の中、指月が蔵元家に受け入れられた。殺意に発展するものかどうかは別にして、歪みが生じやすい状況のように感じる。

食器とカトラリーのぶつかる音が、大きな空間を支配していた。

このまま、誰も話さないで終わるのだろうかと思っていると、手を止めた庸一郎がこちらに視線を向けてきた。不思議と、背筋が伸びる。教師の叱責を待つ生徒になった気分だった。

「どのくらいの期間、この家を嗅《か》ぎ回るつもりだ」

小さく、落ち着いた声。

薫がここにいることを不快に感じているはずだが、そのことを露ほども感じさせない。瞳にも敵意は感じられない。そのことが、逆に不気味だった。

皆が、聞き耳を立てているのが分かった。

薫は一度口を開いたが、思い直す。期間を定めてはいなかったものの、舞子が納得するような回答を用意できれば、その時点で終了と考えていいだろう。署長である亀島からは、すべての仕事を放棄してでも、蔵元家の対応をしろと言われていた。

私人としての本音と、公人としての建前がせめぎ合う。

「まず、皆さんから、お話を聞きたいと思っています。その上で調査をして、自殺か他殺かを判断します」

「自殺だったと判断した場合は、調査終了ということだな」

薫は頷く。

「それで、いいんだな」

その言葉は、薫ではなく舞子に向けて発せられたものだった。

「はい。おじい様」

「……お前がやっていることは、ここにいる者を疑っているということなんだぞ」

庸一郎の鋭い視線にも、舞子は動揺を見せなかった。

「部外者の可能性だってあります。それを含めて、薫さんには調査をお願いしているんです」

庸一郎は渋い顔を薫に向ける。

「我々は暇ではない。可能な限り短期間で終わらせてくれ」

「もちろん、そのつもりです」

「そういうことだ」庸一郎が視線を走らせる。「できるだけ協力してやってほしい。そして、迅速に帰っていただく」

「よろしくお願いします」

薫は言ってから、皆の表情を確認する。文彦の次男である佑二は苛立ちを隠そうともしていなかったが、ほかは硬い表情で、感情が表に出ないように意識しているようだった。

庸一郎は、何事もなかったかのように食事を続ける。

その横顔を見ながら、薫に対しての態度が柔らかいことを意外に感じていた。異物である客を疎ましく思っているはずなのに、それを表に出さないのはなぜなのだろうか。

結局、蔵元家の当主の考えることは分からないということで自分を納得させる。

その後も無言の夕食が続き、デザートのブランマンジェを食べ終えたところで、ようやくダイニングから解放された。

各々が別の方向に散っていく。薫がいるからかもしれないが、会話らしい会話はほとんど交わされなかった。

舞子に連れられ、二階の暖炉のある部屋に招かれる。

大きなソファと椅子。オーク・テーブルの上には豪華な花瓶が置かれ、赤い花が活けてあった。部屋を引き立てる調度品の数々。普段、ここがどんな用途で使われているのか分からなかった。

「夕食、気詰まりでしたよね」

L字型のソファに座りながら訊ねられる。薫は、舞子と離れた場所に腰掛けた。

「いつも、あんなに静かなんですか」

「基本的には」舞子は肩をすくめる。

「世間話をすることもありますけど」

あの空間で世間話をしているイメージが湧かないなと思った。感情の読み取れない庸一郎は、笑ったことがあるのだろうかと疑ってしまう。

舞子は、天井を見ている。丸い照明には細工が施されているのか、天井にレース模様が映し出されていた。

薫は、早速本題を切り出すことにする。

「舞子さんは、ご家族の中に、その……」

言《い》い淀《よど》むと、舞子は瞳をこちらに向けてくる。

「夫を恨んでいた人ですか？」

朗《ほが》らかとも言える口調に遠慮しつつも、薫は頷く。

舞子は笑みを消し、愁いを含んだ表情を浮かべた。

「程度の差はあるかと思いますが、私以外、全員が悪感情を抱いていたと思います」

「え？」

意外な発言に、薫は思わず声を漏らす。

舞子は微笑を湛える。

「私以外の蔵元家の全員が、夫を恨んでいるんです」

「……それは、どういうことでしょうか」

「言葉どおりです」

冗談を言っているようには見えない。続きを待つが、舞子は話が終わったかのように口をつぐむ。

「……悪感情というのは、嫌われていたということでしょうか」

しびれを切らして訊ねると、舞子は視線を虚空に泳がせた後、首を横に振った。

「考えたんですけど、私から情報提供をすることは止めようと思います」

予想していなかった返答に、薫は目を瞬《しばた》かせる。

「……理由は、なんでしょうか」

理解できなかった。舞子は他殺を疑っており、こうして薫が調査することになった。それにもかかわらず、知っている情報を開示しないというのは妙な話だ。舞子の言う悪感情というものが、いったいどういうものなのかは不明だが、その中に犯行動機になるようなものがあるかもしれないのだ。

舞子は、しきりに左指で右手の甲を擦《こす》りながら俯いていたが、やがて顔を上げた。

「私が話すと、どうしても私情が入ってしまいます。それはただの悪口であり、事実が歪《わい》曲《きょく》されてしまう可能性がありますし、先入観を植え付けてしまうかもしれません。そういったものは、調査の邪魔になるかと思いますので」

そんなことを言っている場合ではないと食い下がったが、舞子は頑《かたく》なに拒んだ。

事前に指月と蔵元家の関係性を聞ければ、調査の時間短縮になる。そう説いても、舞子は首を横に振るだけだった。

なんとか粘ったものの、舞子の態度は一向に変化しない。

これ以上頼んでも無駄だと覚った薫は肩を落とす。

「……分かりました。ですが、私が調べた上で聞くことに対しては、できるだけ協力してください。舞子さんの考えは尊重しますが、私がここにいるのは、指月さんのことを調べるためなのを忘れないでください」

その言葉に、舞子は神妙な顔をして頷いた。

薫は不満を覚えつつ、舞子の反応の意図を考える。

家族が指月のことを良く思っていなかったというのは、どういうことだろう。

悪感情。

いったい、蔵元家ではなにが起こっていたのだろうか。

舞子の協力が十分ではないと分かった今、どうやって調査を進めていくべきか考えなければならない。事件性がないと断じるためには、家族の抱いている悪感情を解き明かし、殺人に発展しないかを見極める必要がある。

指月の死亡推定時刻は深夜だった。その日、舞子は、勤務している薬局チェーンの研修会のため、千葉県にある研修所に泊まっており、不在が確認されている。朝方に一報を受けて帰ってきたときには、すでに警察が到着していた。

しかし、ほかの家族については、全員がこの家にいた。つまり、アリバイはない。

舞子の言葉が本当ならば、舞子を除く蔵元家の人間が容疑者となり、そこに使用人も加わる可能性もある。

早く終わらせようというのは、やはり甘い考えだった。一気に気が重くなった。

暗鬱《あんうつ》な気持ちになっていると、舞子はなにかを思い出したのか、ぽんと手を叩いた。

「あ、客間のご紹介がまだでした」

立ち上がり、軽い足取りで部屋を出る。薫は小さく息を吐いてから、後に続いた。

ロビーへと続く階段を降りる際、手摺彫刻《てすりちょうこく》が凝っていることに気づく。なにが彫ってあるのか分からなかったが、細かい細工の隙間も綺麗に掃除されている。使用人の苦労が窺えた。

舞子に案内されたのは、一階のロビーの近くに位置する部屋だった。

一目で高級と分かる家具が配置されているが、部屋の造りはシンプルだ。二台のベッドの近くには、それぞれナイトテーブルが置かれている。茶色い木目の化粧台。同じデザインの椅子。窓際には、小さな机が配置されていた。

「必要でしたら、こちらに泊まっていただければと思います。部屋着などについては、羽木さんのサイズに合いそうなものを用意させましたので」

クローゼットを開けると、そこには綺麗に畳まれたシャツやワンピースなどが置かれていた。夏らしい、淡い色が中心だった。

季節に関係なく、黒や紺といった暗い色を選んでいる薫にとっては、着慣れないものばかりだった。

「ぜんぶ、新品です」

「……わざわざ、買ったんですか」

舞子は当然のように頷く。

「私の我儘で仕事をお願いしましたので、なるべくお手間をかけさせないようにと考えています」

手間をかけさせたくないのなら、家族の悪口でもなんでも知っている情報をすべて開示してほしいと思ったが、口には出さなかった。

「お気遣いいただいたのに申し訳ありませんが、ここから私の家までは、それほど遠くありませんので」

「それは知っています」舞子は頷く。

「ご帰宅される際には、タクシーチケットが机の上に置いてありますので、ご自由にお使いください。ですが、私の家族は多忙なので、どうしても夜遅くにしか聞き取り調査ができない場合もあります。帰るのが面倒な場合は、この場所を自由にお使いいただいて構いません。食事も、事前に言ってくだされば、三食用意させます」

薫は考えるまでもなく、その提案を断る。蔵元家の面々と食事をするのは気詰まりだから、今後はなるべく避けたかったし、この空間で気が休まるとは思えなかった。

窓際にある机に近づいた薫は、タクシーチケットを舞子に返す。

この件は、署長命令によるもので、内容はどうあれ正式な仕事だった。公務員として、これは受け取れないと言う。

「では、誰かに送らせて……」

「いえ、徒歩で帰ろうと思えば帰れますし、署にいる者に迎えにきてもらうことも可能ですので」

西宮と赤川の顔を思い出しながら言う。とくに西宮については、この調査に薫を選んだ人間だ。どんなに遅い時間であろうと電話で呼び出すつもりでいた。

舞子は少しだけ残念そうな顔をしつつ、なにか不測の事態が発生すれば申し出てほしいと告げた。

腕時計を見ると、二十一時を回っていた。これから調査を開始するのは失礼だと考え、翌日の十時から始めたいと説明する。

「明日は診察日ですので、余裕のあるのは母くらいですよ。あ、でも、お稽古に行ってしまうかもしれません」

真紗子の顔を頭に浮かべる。上品で、洗練された容姿。五十三歳という年齢を疑ってしまうほど、若々しかった。

「お稽古というのは、陶芸教室のことですか」

訊ねると、舞子は首を横に振る。

「カルチャースクールは明日じゃなかったと思います。でも、花と詩吟の先生に教えてもらっていて、たしか明日は月に一度の定例会があったかと思います」

話を聞きながら、良い身分だなと思う。仕事をせずに、稽古事に追われる人生というのは、薫には一生縁のないものだろう。

——全員が悪感情を抱いている。

舞子の言葉を思い出す。真紗子も、指月を忌んでいたのか。

「明日はまず、ここで働いている使用人の方に話を聞きますので」

蔵元家の面々に正面から切り込んでも、あまり成果は期待できないだろうと考えていた。まずは、この屋敷のことをよく知る人間に聞き込みをして、輪郭を摑んだほうがいいだろう。

この屋敷の普段の様子や、蔵元家の人間の大雑把な人物像を聞き出す必要がある。

薫は、今日のところはこれで帰ると告げてから携帯電話を取り出し、赤川に車で迎えに来てほしいと連絡した。

2

翌日。

立川警察署に出勤すると、課長の西宮に声をかけられ、そのまま署長室に連行された。

嫌な予感しかないと思いつつ部屋に入ると、署長の亀島が不機嫌そうな表情で睨みつけてきた。目の下が黒く、やや髪も乱れている。

「蔵元家に行ったときの状況を説明しろ」

動揺を押し隠そうとするような、投げやりな口調だった。

不安で眠れなかったのかなと薫は内心で呆れつつ、ありのままを説明する。しかし、亀島は一小節ごとに庸一郎の顔色を窺うような質問を挟んできたので、話は遅々として進まず、結局、一時間ほど拘束された後に解放された。

蔵元家を訪問する十時まで、あと一時間しかない。所長室を出た薫は、簡単な雑務を終わらせたいと思いつつ先を急いでいると、廊下に貼られている掲示物が目に入り、歩調を緩めた。

そこには、新宿で発生した刺殺事件の参考人のモンタージュ写真が貼られていた。

顔の各パーツを組み合わせて合成させた写真のため、違和感はあったが、美人だなと思う。犯行を目撃した人物はいないが、その日、男と一緒にいたという目撃談が多く、事件に関係がある可能性が高いということだった。美人は目立つ。このモンタージュ写真の精度が高ければ、いずれ見つかるだろう。

刑事課の部屋に戻り、必要性の高いメールに対して返信をしていると、すぐに時間になってしまう。赤川に声をかけ、車で送ってもらうことにした。

蔵元家に近づくにつれて、どんどんと気が重くなっていった。小市民の薫にとっては、豪邸自体が居心地の悪い空間だった。

敷地内に入ったころには気が滅入《めい》り、建物に足を踏み入れると軽い動悸《どうき》がした。逃げ出したい衝動を抑え込み、自らを鼓舞する。

出迎えてくれたのは、使用人の有川だった。エプロンが濡れている。食器でも洗っていたのだろうか。

「蔵元家の方は不在ですか」

静かなロビーを見渡しながら訊ねると、有川は立ち止まって振り返る。

「舞子様はいらっしゃるのですが、ご就寝が遅かったようで、まだ寝ておられます」

「薬局は休みですか」

薫は問いつつ、ここに来る際に薬局を横切ったが、営業しているようだった。

有川は困惑顔になる。

「指月先生が亡くなられたので、しばらく休暇を取られるそうです」

それもそうかと思った。

夫を亡くしている上に、自殺ではなく他殺を疑っている。昨晩は気丈に振る舞っていたが、普通に考えたら精神的なダメージは大きいはずだ。忌引《きび》きの一般的な日数は分からないが、しばらく休むつもりなのだろう。

事前に舞子に了解を得る予定だったが、時間がもったいないので調査を開始しようと思った。

一階の客間に案内される。

部屋の状態は、昨日と寸分違わない。泊まるつもりはなかったが、活動拠点として考えれば、この場所は都合がいい。密閉空間なので、聞き取りもしやすいし、一息つくことも可能できる。昨日、舞子から部屋の鍵を渡されていたから、ここに書類を置いておくことも可能だ。

薫は窓際に近づき、外の景色を眺める。今日は、久しぶりに快晴だった。窓で切り取られた景色。眼前に広がるものの大半は青い空だったが、よく手入れされた庭にも存在感があった。個人が所有する庭としては、あまりにも広すぎる。

「庭に出てもいいですか」

振り向いた薫が訊ねると、有川は目を見開いた。

「……問題ございません。舞子様からは、どこにでも案内していいと聞いておりますので」

「ちなみに、有川さんは、今は忙しいですか」

「え？」

大きな目を瞬かせる。よく見ると器量が良い。髪を後ろで縛り、ジーンズにTシャツという恰好。化粧もほとんどしていないが、化粧をしたら見違えるに違いない。

「……これから、掃除をしなければなりませんので」

「手がすくのは、何時頃ですか」

その問いに、有川は考え込んでしまう。

「……掃除が終わったら、昼食の準備もありますので」

「昼食は、何時ですか」

「バラバラなんです」有川は続ける。「医院の受付は十二時までなんですけど、先生たちがここに戻られるのは、だいたい十四時くらいです。佑二様も、予測がつきません」

つまり、慌ただしくてほとんど時間がないということか。

「有川さんは、今日は何時までここで勤務されるんですか」

「基本的には八時から十六時までの勤務ですが、残業がある場合もあります」

「その間、休憩はないんですか」

「一時間取れますが、そんな余裕は……」

そう言った有川は、悪口と取られたくない思いからか、慌てて弁解を始める。

「もちろん、休憩を取れる場合もありますし、ここでは休憩中も時給が発生するんです。それに、時給もかなり高いんですよ。蔵元家の皆さまも、よくしてくださっていますし」

薫は話を聞きながら、事前に調査した資料の内容を思い出す。

有川は離婚経験があり、高校生になる息子を一人で養っている。時給がどれくらいかは分からなかったが、条件は良さそうだ。

有川は部屋から出たそうな様子を見せるが、ドアの前に立ってそれを遮る。そして、このまま蔵元家の様子を聞き出そうと思った矢先に、電子音が鳴った。

申し訳なさそうな表情を浮かべた有川は、ジーンズのポケットからＰＨＳを取り出し、耳にあてて恐縮したような声を出す。

電話を終えると、有川は気まずそうな笑みを浮かべた。

「呼び出されてしまいましたので、私はこれで失礼します。屋敷内を歩いていただいて構いませんが、蔵元家の皆様の私室には入らないでください。あと、食事が必要なときには、事前に電話機の内線番号〝1〟を押して連絡してください。今日は、夕食まで作っておきますので。昼食は十二時から出せます。夕食は、皆さんが揃ってからになります」

薫は聞きながら、夕食は遠慮しようと思う。

説明をし終えた有川は、お辞儀をして出ていこうとするが、扉を開けた手を止めて振り返った。

「庸一郎様から、仕事の合間に調査に協力してほしいと言われていますので、時間が空いたらお声をかけさせていただきます」

ややぎこちない笑みを浮かべた有川は、部屋を出ていく。

一人残された薫は、綺麗にシーツの張られたベッドをちらりと見て、窓際にある机の前に腰掛けた。

バッグから、赤川が作成した蔵元家に関する資料を取り出して広げる。そして、有川の項目に、先ほど聞いた勤務時間を記入した。

静かだった。

耳鳴りのするほどの静寂に身を置いたのは久しぶりのような気がした。警察官として忙殺される日々。それが突然、このような奇妙な状況下に置かれることになってしまった。

今の立場から脱却するためには、舞子を納得させる材料を揃える必要がある。

最初は、他殺である可能性を否定すればいいと考えていた。そのためには、指月が自殺する可能性を探ったほうが近道のような気がするし、他殺の痕跡を探すよりも容易に思えた。

遺書のコピーを取り出す。

〝ため息に溺れてしまいました。ご迷惑をおかけします。さようなら〟

腹部を刺してから書かれた文章。震えた文字。紙面には血痕が付着している。ここからは、自殺の原因となるものは読み取れない。

――ため息に溺れてしまいました。

この一文は、注目するべきだろう。指月はなにかに思い悩んでいたことが窺えた。その理由を探る必要がある。

舞子の発言を信じるならば、舞子を除く蔵元家の人間は、指月に対して悪感情を抱いていた。その悪感情の根本部分を明らかにできれば、自殺の原因が分かる気がした。

いくぶんか心が軽くなったとき、ふと、単純な考えが脳裏を過る。

悪感情を持っている蔵元家の人間の誰かが、指月を殺す可能性も、ゼロではない。

薫は頭を振った。

そんなことを考えたら、きりがない。あくまで自殺説を強化するための行動をしようと心に決めて立ち上がり、部屋を出た。

鍵を掛けてからロビーに向かう。廊下の窓が開け放たれており、空気のとおりがいい。

正面玄関から外に出る。

屋敷の四倍ほどはあると思われる庭園。昔、東京都北区にある旧古河庭園に行ったことがあるが、雰囲気が似ていた。この屋敷が建っているのは、立川駅からそれほど離れていない場所だ。維持費だけでも、目が飛び出るくらいの値段だろう。蔵元家の財力に、改めて驚かされる。

庭の方向に伸びる石畳を進む。イギリス貴族の家に迷い込んだような錯覚に陥る。今だったら、馬車が横切っても驚かないだろう。

家を出る前に塗っておいた日焼け止めクリームを心許なく思うほどの日差しだった。日陰に避難しようと歩調を早め、葉が生い茂る一角に到着する。

見事な薔薇園《ばらえん》だった。

藤棚のように薔薇が梁《はり》や天井に蔦を延ばし、日陰を作っていた。綺麗に手入れされている。庭師を雇っているのだろう。夏なので花は咲いていなかったが、薔薇の花は、葉だけでも趣がある。

薔薇園の近くに、ロココ調の椅子と丸テーブルが据えられていた。ここで紅茶を飲んだら、さぞ寛《くつろ》げるだろうなと思う。

虫が苦手なので慎重に歩を進めたが、椅子の前まで行っても虫の姿はなかった。強力な殺虫剤でも散布しているのだろうかと考えつつ、椅子に腰掛けた。

風が葉を撫で、さざ波のような音を鳴らす。

ワイシャツを濡らす汗が、ゆっくりと引いていくのを感じた。このまま留まっていたら眠ってしまうだろう。

五分ほど風の音を楽しんだ後に立ち上がり、医院の方角に向かった。

屋敷から医院までは、細い道で繋がっているということは、舞子から聞いていた。

屋敷の東翼側に小道があったので、そこを進む。途中、医院の大きな窓の向こうに、文彦の姿が見えた。また、白衣を着た数人の女性が行き来している。

窓越しに文彦と目が合ったが、すぐに視線を逸らされてしまう。

薫は会釈して先に進む。

医院の駐車場は満車だった。自転車の数も多い。指月亡き今、診察している医師は庸一郎と文彦だけだろう。患者を二人で捌《さば》けるのだろうかと不思議に思う。

建物を仰ぎ見る。

大きくて立派な医院だ。入院のできる中規模病院と説明されても違和感はない。しかし、蔵元医院に入院設備はなく、診療科目も内科と整形外科が中心だった。

無駄な大きさと言ってしまえばそれまでだが、患者数を考えると、妥当のようにも思えた。

身体を反転させ、小道を戻る。歩きながら、途中にある窓を横目で見たが、文彦の姿はなかった。

屋敷の中に入ったところで、足早に歩く女性を見つける。

小高絹枝。ここに住み込みで働いている最古参で、薫がもっとも話を聞きたい人物。

「あの」

声をかけられた小高は、迷惑そうに顔を向けてくる。

「忙しいのよ！」

そのまま歩き去ろうとしたが、薫は後を追った。執拗さに関していえば、刑事の右に出る者はいないと思っている。

キッチンに行くと、三人の使用人が忙しく働いていた。そこには、有川も含まれている。

昼食の準備をしているらしい。

「仕事をしながらでいいので、話を聞かせていただけませんでしょうか」

「私はそんなに器用じゃないの！」

小高は声を張りつつ、大きな俎板《まないた》に置かれている野菜をどんどん切っていく。その手際の良さは、目を見張るものがあった。

「昼食は、なんでしょうか」

空腹を覚えて訊ねる。たしか、有川が薫の分も作っておくと言っていたはずだ。

小高は一睨みした後、巨大な冷蔵庫に向かって顎をしゃくる。そこには、献立表が貼られていた。カタカナの多い文字を読む。冷製パスタとオニオンスープ、カキフライ。サーモンのサラダ。

厨房《ちゅうぼう》を観察する。食後にはコーヒー。一般家庭の昼食とは思えなかった。

小高は、野菜を盛りつけ終えたところだった。昼食を摂るタイミングは個々によって異なると有川は言っていた。

「大変ですね」

思わず口に出てしまう。

小高は険のある表情を向けてきた。

「お金をもらっているんだから、当たり前よ」

相変わらず怒った調子だったが、先ほどの口調よりも、いくぶん柔らかい。薫は内心で、労われることを快く思うタイプの人間かと思った。

「料理は得意なんですか。私は全然だめで」

そう言うと、小高が一瞥してくる。

「店を持っていたことがあったからね。そこで料理してたのよ。旦那《だんな》が死んでから店を畳んで、ここに拾ってもらったのよ」

そういう過去があったのかと頷く。これは、赤川が入手した情報には入っていなかった。

「カキフライとかは、あらかじめ揚げておくんですか」

「なに言ってるの？　それぞれの昼食時に揚げるに決まってるじゃない」

「それは……大変ですね」

ほかに語彙《ごい》が頭に浮かばなかった。昼食なんて、もっと簡単でいいのではないかと思った。

小高は、洗った手をタオルで拭いたあと、サーモンが盛られたサラダを、手際よく冷蔵庫に入れていく。

「それで、なにが聞きたいの？　あまり時間がないから早くしてほしいんだけど」

すべての工程を終えたのか、大きく息を吐いた小高はこちらに向き直った。

薫は、このタイミングを逃してはならないと思い、単刀直入に話を聞く。

「蔵元家の方々が、指月さんを嫌っていたという話は本当でしょうか」

一瞬にして、厨房の音がなくなる。時が静止したのかと思った。

現に、使用人たちの動きが止まっていた。目の前の小高も、例に漏れない。

「あの……」

薫が声をかけると、小高は身体を震わせて、警戒するように周囲を見渡してから近づいてきた。

「客間に戻りなさい」

声は小さいものの、有無を言わさぬ口調だった。

「ですが、質問の回答がまだ……」

「いいから戻って。私もすぐに行くから」

追い払うような手つき。

薫は不承不承、応じることにした。客間に向かって歩きつつ、先ほどの反応は、蔵元家と指月の確執が使用人にまで知られていることを意味していた。

蔵元家の人間に事情を聞くのは困難が予想された。その点、内情をよく知る使用人が持っている情報は比較的得やすいだろうし、思わぬ収穫があるかもしれない。

悪感情を抱いている理由を明らかにすること自体が、自殺説を決定づけることにはならないのは承知していた。しかし、相関図を確認する必要はある。

ともかく、舞子を納得させられればそれでいいのだ。その材料探しに奔走《ほんそう》すればいい。

客間に戻り、扉を閉める。ほとんど間を置かずにドアをノックする音が聞こえ、小高が姿を現した。

「誰から聞いたの」

小高は開口一番に詰問する。

聞かれた内容は分かっていたが、あえて首を傾げることにした。

「指月先生が嫌われているってことよ！」

苛立ちが声に表れていた。

「舞子さんが仰っていました」

その言葉に、小高は愕然《がくぜん》としたようだった。

薫は、化粧台の前の椅子を持ち上げて目の前に置く。勧められるままに、小高は椅子に座った。

「蔵元家の方々が、指月さんに悪感情を抱いているというのは、本当でしょうか」

その投げかけに対して身体を震わせた小高は、思いつめたような顔になった。なかなか話し出そうとはしない。言っていいのか迷っているようだった。ただ、拒絶反応は見られない。

薫は、もうひと押しする。

「今ここでなにを聞こうとも、誰の発言かは一切他言しません。これでも私は刑事です。信用していただきたいですし、この調査は舞子さん本人の依頼です。喋ったとしても、裏切りにはなりません」

苦しい論調だという自覚はあったが、小高には利いたようだ。俯いたまま黙っていたものの、やがて顔を上げた。

「全員かは分からないけれど……佑二様は明らかに敵意を持っていたわ」

蔵元医院の事務長であり、文彦の子供である佑二。最初に名前が上がると思っていた。

「嫌っている理由は、なんだったのでしょうか」

「そんなの決まってるじゃない」憤懣《ふんまん》やるかたないといった調子で続ける。

「蔵元医院を継ぐのが、養子の指月先生なんだから。実の息子である佑二様にとっては、面白くないのよ」

「でも、佑二さんは医者じゃないですよね」

調子を合わせると、小高は大きく頷く。顔には憤怒《ふんぬ》の表情が浮かんでいる。その反応から察するに、小高は指月の肩を持っていたように思えた。

「そうなのよ。佑二様は医者になれなかったから、蔵元医院を継ぐことができないの。本当なら、庸一郎先生から文彦先生、そして真一先生に受け継がれるはずだったんだけどね」

蔵元真一。文彦の長子で、三年前に自殺した。薫は面識がなかった。

「真一先生が亡くなったから、指月先生を養子に迎え入れたんですよね」

小高は頷く。

「文彦先生が気に入ったそうよ。最初は、蔵元医院を継がせるという明確な意思表示はしなかったようだけど、舞子様とも結婚されたし、指月先生の腕前と、患者からの人気は確かだったからね。誰もが院長になるものだと思っていたわ。それが、あんなことになってしまって……」

小高は目に涙を浮かべる。

「指月先生のこと、好きだったんですね」

「もちろんよ。ここに雇われている人は全員、指月先生のことが好きだったわ。人当たりもいいし、無茶も言わないし、私たちのことを見下さないで接してくれたのよ」

つまり、ほかの蔵元家の人間は見下した接し方をしているということか。

「では、佑二さん以外に、指月先生を嫌っている人に心当たりはありませんか」

押し黙った小高は、やがて首を横に振る。

「……分からないわ」

「本当に、佑二さんだけでしょうか」

「私が知る限りではね」

小高は声の調子を落とした。喋ったことによる罪悪感からか、不機嫌そうな顔をしていた。嘘をついているようにも、本当のことを言っているようにも見える。

正直なところ、肩透かしを食った気分だ。ここに住み込んでいる小高が、一番情報を持っていると踏んでいたので、もっと別の話が出てくると思っていたのに、当てが外れた。

佑二が指月を憎んでいるというのは、状況から考えて聞くまでもないことだ。

情報を上手く隠された可能性もある。しかし、現時点では、さらに深く聞き取りをすることは困難だろう。

どう質問すれば、欲しい情報が得られるのかと考えていると、小高が口を開いた。

「やっぱり、佑二様が犯人なのね？」

すでに確信を得ているような聞き方だった。

使用人の間で妙な噂を立てられたら困ると思い、薫は首を横に振った。

「一応、警察は自殺だと……」

「自殺なわけないじゃない！」

突然激昂《げっこう》した小高は、頬をぶるぶると震わせるものの、続きを口にする前に、潤んだ瞳から涙が溢れ出しそうになって、慌てて指で涙を拭っていた。

「指月先生が死ぬ理由なんてないんだから、殺されたのよ……」

一転して、弱々しい声。その様子から、かなりの動揺が窺えた。

小高は、心の底から指月の死を悲しんでいるのだ。

「念のために申し上げますが、警察は指月先生の死を自殺と一度は判断しました」

寄り添う必要はないと思って、淡々と言う。小高が反論するようなそぶりを見せたので、先んじて口を開く。

「ただし、舞子さんから再調査の依頼があったので、私はこうしてここにいます。他殺の証拠は現時点ではありません。ですので、小高さんには妙な勘繰りをしないでほしいんです」

「勘繰りって……」

憤慨した顔になった小高に対し、薫は冷静さを保つ。

「ただ、もし調査に協力してくださるのなら、こちらとしては大変助かります」

意外な提案だったのだろう。小高は目を丸くしていた。

「私は、ここに来たばかりで、家の状況を摑みきれていません。ですので、なにか気づいたことがあったら、教えていただけませんでしょうか」

小高は、使用人の中では最古参だ。仲間に引き入れて損はないだろう。感情的な性格のようなので、もたらされる情報を鵜呑《うの》みにするつもりはなかったが、少しは役立つはずだ。情報屋として働いてもらおう。

「もちろん、いいわよ」

声からは、意気込みが窺えた。

「ただし、一つだけ守ってほしいことがあります」薫は釘《くぎ》を刺す。

「ほかの人に、私に協力していることを覚られないようにしてください」

あまり、大っぴらに行動されるのは困る。この家に警察がいることだけでも異常事態なのに、使用人が情報収集をしていると知られるのはまずい。杞憂《きゆう》だとは思うが、もし犯人がいた場合、警戒されるかもしれない。

小高は、何度も頷いた。

口が堅いとは言えないタイプのようなので、絶対に口外しないという保証はないが、しばらくの間は大丈夫だろう。

連絡方法として、メールアドレスが記載された名刺を渡す。それを受け取った小高は、腕時計を確認した。

「ダイニングに昼食を用意しておくわね」

そう言い残し、部屋を出ていった。

一人になった薫は、あの大きな空間で食事を摂るのは億劫《おっくう》だったが、運よく誰かと食事を共にできるかもしれないと思い直す。ともかく今は、ここの住人と話し、指月の死が自殺であると断定しなければならない。

部屋を出て鍵を掛け、それをポケットに入れた。

ダイニングに行くと、使用人の有川が末席に食事の用意をしていた。トマトと生ハムとバジルに彩られた冷製パスタとオニオンスープ、カキフライ。サーモンのサラダ。

献立表を思い出す。食後にコーヒーが出てくれば、蔵元家の面々と同じ昼食ということになる。

「どうぞ、召し上がってください」

有川は椅子を引く。そんな対応をされると肩が凝るので止めるように言おうとするが、そのことを伝える上手い言葉が見つからなかった。ぞんざいに扱ってほしいというのも違う。愛想の悪いファミレスの店員くらいといっても、個人差があるだろう。考えるのが面倒になったので、結局、なされるがままにしようと思った。

目の前に並べられた食事は、昼食にしては豪華すぎた。毎日この量が出たら、確実に太ってしまうだろう。今の体重を維持するためにも、早くここでの調査を終わらせなければならない。

音のない空間で、黙々と冷製パスタを口に運ぶ。頭の中で、高そうな皿だなと思う。裏に印字されているメーカー名を確認したくなったが、なんとか思いとどまる。シルバーカトラリーも高級品だろう。箸《はし》でカキフライを抓《つま》んで齧る。ほどよい揚げ具合。昼から揚げ物をするなんて頭が下がる。

そのとき、薫の耳に、話し声が入ってきた。

顔を上げる。ダイニングの大きな窓からは、玄関の一部を見ることができ、二人の男が、こちらに向かって歩いてきていた。

達磨《だるま》のような恰幅《かっぷく》と風船のような顔を兼ね備えた男は、大股《おおまた》で歩きながら豪快に笑っている。日に焼けた肌が、脂っぽく光っていた。禿《は》げかかった頭の上辺が白いのと、あまり激しいスポーツをする体型ではないことから、ゴルフが趣味なのだろうと思った。

隣を歩く痩身《そうしん》の男は、これ以上はないというほどの愛想笑いを浮かべ、腰を屈めている。

卑屈になろうと懸命に心がけているように見えた。

二人は、玄関へと向かっていき、視界から消える。やがて、野太い声がダイニングまで響いてきた。

「いやぁ、相変わらず儲《もう》かっていますなぁ」

話している内容まで聞こえる。男の後に、単調な声での返答があるが、よく聞こえなかった。

誰かと話しているようだった。

当たり障りのない挨拶が続くが、やがて声が遠のいていく。ダイニングとは反対方向に行ったのだろう。

先ほどの達磨のような男は、いったい何者なのだろうか。

そう思っていると、不意に、庸一郎がダイニングの開け放しの扉の前に現れた。

庸一郎はこちらを見て、僅《わず》かに目を丸くするが、すぐに無表情に戻る。そして、一言も声を発することなく、目の前を横切っていった。

薫は、硬直させた身体の力を抜いた。

庸一郎は、ここに薫がいることを快く思っていないだろう。しかし、追い出そうとする意思は感じられず、協力姿勢さえ見せている。孫娘である舞子を甘やかしているだけなのか。それとも、なにか別の目的があるのだろうか。

答えの出ないことを考えても仕方ないと思い、サラダとサーモンを頬張っていると、ダイニングに有川が入ってきた。

「お食事は、不足ありませんか」

一瞬だけ迷った後に、頷く。もう一人前は食べられると思ったが、体重が増えるのは困る。

「一つ、聞いてもいいでしょうか」薫は、空になった皿にフォークを置く。

「先ほど、この家に来た二人組がいたんですけど、見ましたか」

頷いた有川は、上半身を守るように両腕を曲げる。見方によっては、ボクサーのファイティングポーズに似ている。警戒しているのだろう。

「あの二人、何者ですか」

問いを受けた有川は、戸惑うように視線を泳がせてから黙ってしまう。話していいのか、考えあぐねているようだった。

「別に、無理に言わなくても……」

薫の言葉に、有川は慌てた様子で口を開いた。

「い、いえ……あの方は、鳥居康《とりいやすし》様です。たしか、西東京都医師会の会長だったと思います」

「達磨みたいな体型のほう?」

有川の顔が綻《ほころ》ぶ。

「細い方は、秘書の江田《えだ》さんです。鳥居医院の事務長だったかと」

「詳しいんですね」

「最近よく、庸一郎様に会いに来られますから」

つまり、蔵元家と関わりが深いということか。

鳥居の姿を思い出す。医者というには、いささか不摂生すぎるようにも思えたが、医者が全員健康体というわけではないだろう。それに、西東京都医師会の会長ということは、多少なりとも政治的な駆け引きが必要になるはずだ。政治家のような容姿を持つ鳥居には適任に思えた。

「さすがに、ここに来る理由までは分かりませんよね」

期待せずに問うが、有川は知っているという。なんでも、夕食のときに庸一郎が喋っているのを聞いたらしい。ここの使用人の協力を得られれば、大概のことは分かりそうだと思った。

「鳥居様は、なにかの会長になりたいらしいんです。それで、庸一郎様に……」

説明をしていた有川が、唐突に口を噤《つぐ》んでしまう。おそらく、喋りすぎたと思ったのだろう。

「ありがとうございます。仕事の邪魔をしてしまって、すみません」

大体の事情が分かったので、これ以上は聞かなくても問題ない。つまり、鳥居はなにかの協力を仰ぎに庸一郎に会いに来ているということだ。

有川はほっとした様子で頷き、食器を片付け始めた。

下げられていく皿を見ていたら、メニュー表の内容を思い出す。

「食後には、なにかありますか」

薫が言うと、有川は身体を硬直させる。そして、首を傾げた。

どうやら、コーヒーは出ないようだ。

さすがに、蔵元家と同じ水準の待遇を期待するのは我儘だろうと思い、席を立って客間に戻った。

ポケットから鍵を取り出し、部屋に入る。ダイニングのような大きな空間にいるのは、妙に気疲れした。ここも、薫の住んでいる空間よりも広かったが、一人でいられるので安心できる。

机の前に座り、手帳を広げる。西東京都医師会会長である鳥居の名前を書き込んだ。そして、携帯電話を取り出し、赤川に鳥居の周辺を調べてほしい旨の内容を打ち込み、送信ボタンを押す。すぐに返信があった。

〈もちろんです　赤川〉

忙しい身なのに、殊勝なことだと思った。赤川は、指月の死について関心があるようだった。蔵元家のような豪邸で事件の捜査をしてみたいという妙な動機を持っているものの、情熱を持っている赤川をこの件に充《あ》てたほうがいいのではないかと考えてしまう。

薫自身、指月の死の真相についての興味はほとんどなかった。むしろ、面倒だという思いが勝っている。だからこそ、早くこの件を片付けて、通常の仕事に戻りたいと考えていた。

椅子に浅く腰かけ、物思いに耽《ふけ》る。

結局、食事をしている間に、蔵元家の面々と顔を合わせることはなかった。なるべく接触して情報収集しなければ、指月の死について判断を下せない。

ここにいても状況は進まないと思った薫は、再び客間を出る。

鍵が閉まっていることを確認してから、廊下を進む。

ダイニングに行くと、庸一郎と文彦、その妻の真紗子がいた。黙々と、食事を口に運んでいる。通夜の後の一風景と説明しても、誰も不審に思わないだろう。

最初に薫の存在に気づいたのは、庸一郎だった。まるで、取るに足りないものを見るような視線を向けたあと、すぐに食事に戻ってしまう。

次にこちらの存在に気づいた真紗子は、怯《おび》えたように大きく目を見開いた。

文彦は、苦々しい顔。

三者三様の反応に、薫は思わず笑ってしまいそうになる。

「こんにちは」

どう声をかければいいのか迷ったが、無難な挨拶に収まった。

会釈を返したのは、真紗子だけだった。

「いつ頃、納得できる回答が出せるんだ」

出し抜けに、庸一郎が訊ねてくる。感情が一切こもっていない、冷めた声だ。

誰にとって、納得できる回答なのだろうか。普通に考えれば舞子だろうが、口調のニュアンスから、庸一郎自身が納得したいようでもあった。

薫は咳払いをした。

「まずは、状況の把握が必要です。それが分からないうちは判断できません」

正直に答える。

彫像のようにまったく表情を変えない庸一郎は、なんの反応も示さずに食事に戻ってしまった。

この場から立ち去ったほうがいいのか迷っていると、庸一郎が口を開く。

「なんでも聞いてくれ。我々は協力する」

淡々とした調子で言い、文彦と真紗子に視線をやった。

文彦は苦々しい表情のままで肩をすくめる。真紗子は臆病《おくびょう》そうに身体を震わせてから頷いた。

図らずも、文彦と真紗子に聞き取りができることになった。

文彦については、午後の診察が終わってからということになったため、聞き取りは真紗子からになった。薫の拠点となっている客間で話を聞きたかったのだが、文彦の反対もあって、居間で実施することになった。

居間といっても、蔵元家の居間はホテルのラウンジのような造りをしており、五十人くらいでパーティーをしても余裕がありそうだった。御影石の暖炉があり、その前に安楽椅子が置かれている。

薫と真紗子は、向かい合わせになっているソファに相対して座ることにした。

「簡単な話を聞くだけですから、そんなに緊張しなくて大丈夫です」

思わず声をかけてしまうくらいに、真紗子の顔色は悪かった。膝《ひざ》の上に両手を置いていたものの、しきりにその手が動いている。

俯く真紗子の顔を観察していると、息子を亡くした絶望感というよりも、隠しごとが露見するのを危惧《きぐ》しているようにも見える。疑いすぎだろうか。

「では、当日の状況を教えてください」

薫の質問に、真紗子は肩を震わせ、恐る恐るといった調子でこちらに視線を向けた。しかし、すぐに逸らしてしまう。

「……当日、というのは」

抑揚のない呟き。

薫は、眉間に皺を寄せる。こうして聞き取りをするならば、指月が死んだ当日のこと以外にないではないか。説明が必要なのかと軽い苛立ちを覚えた。

「指月さんが亡くなられたのは夜中から朝方にかけてということが判明しています。そのとき、どちらにいらっしゃいましたか」

「……夜中」真紗子は、膝に置いている手を握りしめる。

「寝ていました」

当然の回答だろう。

親身に聞いているように思われるよう、やや大げさに頷く。

「その前後に、なにか不審なことはありませんでしたか。妙な物音が聞こえたり、知らない顔の人間がこの屋敷を見ていたということは、ありませんでしたか」

「……どうでしょうか。私、あまり外には出ないので。今も、お稽古などは休んでいますし」

的外れな回答に、焦《じ》れる。おっとりした口調からは、世間ずれしていない印象を受けた。

真紗子は加齢による衰えはあるものの、美しい容姿を持っていた。家にいるにもかかわらず、タフタ生地のような光沢のあるワンピースを着ている。化粧にも余念がなく、髪もセットされていた。すぐに外出できる恰好だ。ここに嫁いでくるということは、さぞ家柄もいいのだろう。

上流階級なのは大いに結構だが、こういった会話のテンポが合わない人間は苦手だ。

「指月先生が亡くなった日に、物音などは聞いていないということですね」

不自然な間を置いてから、真紗子は頷いた。

薫は思考を巡らせる。

指月の遺体が発見されたとき、自殺という所見だったものの、蔵元家の面々に対しては簡単な事情聴取が行われていた。その際にも真紗子は、なにも見ていないし、聞いてもいないという回答だった。

証言に一貫性はある。ただ、どこか思い煩っているような態度が引っかかった。

「では、指月先生の交友関係についてお聞きします」

「私は、分かりません」

話を遮るように発せられた真紗子の声は弱々しかったものの、はっきりと拒絶する意思が窺えた。

驚いた薫は、目を瞬かせる。

強張《こわば》った顔で、こちらを凝視していた真紗子は、自分を支えるようにソファに手を置く。

「……指月が普段どういった方とお付き合いしていたのか、私は全然知りません」

そう言ってから、具合が悪くなったので中断してほしいと急に告げられる。まだ聞き足りないという思いはあったものの、引き止めなかった。

立ち上がった真紗子は、危うい足取りでゆっくりと歩いていってしまった。

大きな空間に一人残された薫は、体勢を崩し、ソファに沈み込んだ。

聞き取りの時間は短かったが、成果は十分にあった。

指月の交友関係に、なにかしらのヒントがあるかもしれない。しかし、どうやって調べればいいのかは見当もつかなかった。


その後、文彦の聞き取りができるまで時間があったので、屋敷内を散策することにした。見取り図があれば楽だなと思うほどに、部屋の数が多かった。一階には六部屋。二階には九部屋ある。指月を含めれば、蔵元家は六人でここに住んでいた。屋敷の規模と人数が釣り合っていないように感じるが、そういった考え自体が庶民なのだろうなと思う。

扉が閉まっている部屋が多く、勝手に中に入るわけにもいかない。建物の大きさにただただ圧倒されるだけで、これといった進展はなかった。

その日は結局、診療時間が長引いたという理由で文彦の聞き取りは叶わなかった。

3

　翌日。

　立川警察署に行くと、赤川が待ち構えていた。

「例の件、調べておきましたよ」

　唐突に言われ、薫は頭にクエスチョンマークを浮かべる。そして、コンビニで買ってきたアイスコーヒーをストローで吸いつつ、自席に座った。

「聞こえませんでしたか。調べたんですよ」

　赤川が健気《けなげ》に追いすがってくる。

「なにを調べたの？」

　その問いに赤川は脱力したが、すぐに気を取り直したようだった。

「西東京都医師会会長の鳥居康です」

「……もう調べたの？」

　驚きそうになる顔を抑え込み、平静を装う。

「当然ですよ。といっても、簡単な概略ですが」そう言って、手元の資料に視線を落として喋り始める。

「六十二歳の鳥居は、知ってのとおり西東京都医師会の会長です。華々しい経歴の持ち主の鳥居ですが、最近は、さらに箔《はく》をつけようと考えているようです」

曖昧模糊《あいまいもこ》とした言い方に苛立ちを覚えるが、口出しすることは控えた。

「その箔っていうのがですね」自信を漲《みなぎ》らせた赤川は、もったいぶるように間を置いてから続けた。

「大日本医師会の会長の座を射止めるということです」

大層な名前だなと思いつつ、口を開く。

「大日本医師会ってのは、西東京都医師会の親会社のようなもの？」

赤川は頷いた。

「百六十人の事務局員が運営している組織で、会員は十六万人。開業医と勤務医がほぼ半分ずつの組織です。A会員、B会員という括《くく》りもあって……」

焦れた薫は、赤川の言葉を遮る。

「その大日本医師会の会長になりたい鳥居が、どうして蔵元家に頻繁に来ているのかを教えて」

投げつけられた問いを受け止めた赤川は、軽く咳払いをした。調べた内容を披露したくて仕方ないのだろう。少しだけ不満そうな表情を浮かべている。

「蔵元庸一郎の影響力は、馬鹿にならないということです」

「……選挙協力の依頼ってこと？」

　半ば想定していた回答だった。

「そのとおりです。医師会というのは都道府県ごとにあって、その元締めとなるのが大日本医師会です。もちろん、各都道府県の医師会長の中から、頂点である大日本医師会の会長が選ばれます。そのために鳥居は、蔵元家に日参しているという噂です」

「蔵元家は、そんなに影響力があるの？」

　赤川は頷く。

「蔵元家は代々医者の家系ですが、政治に近い場所にいるようです。特に、蔵元庸一郎の父親である世之介《よのすけ》は政治センスのある人だったらしくて、政界にこそ進出しなかったものの、多くの政治家を助けたということです。衆議院議員を多く輩出して、蔵元塾のようなものを作ったこともあるらしいですよ」

　薫は口を窄《すぼ》めた。あの豪邸を見れば、蔵元家に財力があるのは分かる。しかし、それがすなわち選挙戦の勝利に導ける力を持っているということにはならない。

　金があると言っても、蔵元家は一開業医だ。世之介という人物は、政界で注目されるほどの人物だったのだろうか。

　視線を上げると、赤川が薄ら笑いを浮かべていた。まるで、薫が抱いている疑問を見透かし、その答えを持っているがゆえに優越感に浸っているような表情。

「……なによ」

「分かります。蔵元家にどうしてそんな力があるのかってことを疑問に思っているんですよね」

言い当てられたことを覚られぬよう、無表情に徹する。

「調べながら僕も、蔵元家にどうしてそんな力があるのか不思議だったんですよ」

楽しそうな表情。

その顔面を殴ってやろうかと睨みつけると、赤川は危険を察したらしく慌てた様子で口を開いた。

「実はですね、僕にも分かりません」

「は？」

薫は開いた口が塞《ふさ》がらなかった。

赤川は、恥ずかしがるように頭を掻いた。

「そんなこと、一介の警察官である僕に調べられるわけないじゃないですか。無茶言わないでくださいよ」

笑みを絶やさない。今にも口笛を吹き出しそうだった。

その表情はなんなんだと問い詰めたかったが、止めた。どうせ、意味はないのだろう。

これ以上聞いても仕方ないと思い、机の肥やしとなっている報告書の処理に取り掛かろうとするが、赤川はまだ言いたいことがあるらしい。

「日参しているといえば、もう一人」手元の資料を見つつ続ける。

「近日中に立川市長の補欠選挙がありますが、立候補者の一人である戸熊浩二《とくまこうじ》も、頻繁に蔵元家を訪れています。おそらく、票集めの相談だと思います」

「分かった。ありがとう」

庸一郎にそれほどの力があるのかは解明できなかったが、西東京都医師会の会長と、立川市長選挙に立候補している男が蔵元家に出入りしているのは確かなのだろう。

指月の死と関係があるとは思えないが、知っておいて損はない。

これだけの情報を、半日足らずで調べた赤川に内心で驚嘆しつつも、それが表情に出ないよう、頰に手を当てて、揉みほぐした。

「……なにやってるんですか」

怪訝な表情で訊ねてくる。

「別に」

冷たく言い放つと、赤川は納得したように頷いた。

「顔の張りを蘇《よみがえ》らせるマッサージですか」

見えるように拳《こぶし》を握りしめると、赤川は両手を軽く挙げて降参するようなポーズを取ってから、資料を差し出した。

「あ、それと、今日は早く帰ります。連絡も極力しないでくださいね。デートですから」

目元を痙攣させた薫は、資料を乱暴に受け取り、ぞんざいに机の上に放った。赤川は、身の危険を察したのか、それ以上話しかけてこなかった。


昨日実施できなかった文彦の聞き取りは、今日することになっていた。そのため、蔵元家に行くのは十三時頃。聞き取りは十四時ちょうどに設定していた。

それまでは、すでに手の離れた事件の報告書の作成に専念しようと決め、ワイシャツを腕まくりした。解決した軽微な事件については、上司もあまり口うるさくは内容をチェックしない。報告書特有の文章をあれこれと組み立てて、どんどんと捌いていく。

ほとんど無心でパソコンのキーボードを叩いていると、聞きなれない声が耳に入ってきた。顔を上げると、刑事部屋に見知らぬ男が二人いた。一人は長身で髪が短く、もう一人は中肉中背で、髪がやや長い。判で押したように二人とも同程度に日に焼けた肌をしており、眼光が鋭い。背が高いほうが四十代半ば。もう一人は三十歳くらい。

「げっ……こっちにいるんですか」

二人の相手をしている課長の西宮が、驚いたような声を上げる。背中を向けているので表情は見えなかったが、おそらく苦笑いを浮かべているだろう。

仕事に集中していて、会話の内容を聞き漏らしていた。いったい、なんの話だろうか。

「たまに顔を見せていたというバーの店長の話では、立川って単語を聞いただけなんで、確証はないんです。ただ、もしかしたら、ここらへんに行きつけの店があるかもしれないから、ちょっと人を割いて当たっていただければ」

長身の男が言う。口調は丁寧だが、傲慢さが滲み出ている。

「構いませんけど……まさか、合同捜査本部にとかは、ないですよね」

「それは状況によります。まずは確認作業をして下さい。情報があったら、すぐに連絡を寄越してほしいんですよ」

男はそう言って話を切り上げると、刑事部屋を一睨みする。視線が合った。まるで値踏みされているようだったが、意地でも逸らさなかった。

薄ら笑いを浮かべた男は、隣の男に声をかけてから部屋を出ていった。

残された西宮は、落胆するように肩を落として振り返る。

八の字眉になっており、相当困っている様子だった。目が合う。嫌な予感がした。

近づいてきた西宮は、手に持っている紙を薫の机の上に置いた。綺麗な女性が描かれた、モンタージュ写真。

「これ、知ってるよな」

「新宿での刺殺事件の容疑者ですね」

往々にしてモンタージュ写真は不気味になりやすいのに、何度見ても、ここに描かれた女性は綺麗だった。

「一応、参考人ってことになっている女だ。こいつが、立川に出没しているかもしれないらしい」

らしい、というのは曖昧な表現だなと思う。

「……確証はないということですよね」

聞きながら、先ほどの二人組を思い出す。おそらく、新宿警察署に設置された捜査本部の人間だろう。捜査本部でペアを組む場合の組み合わせは、普通ならば、殺人事件の場数を踏んでいる警視庁捜査一課の刑事と、土地勘のある新宿警察署の刑事課の人間という組み合わせになる。威張っているような態度の長身の男が、捜査一課のような気がした。

「新宿の飲み屋の店主が、女が男と話していた中で、立川って単語が出てきたのを覚えていたんだとよ。なんでも、その女は絶対に素性を明かさなかったらしく、立川って口走ったときも、かなり慌てていたらしい。それで店主が覚えていたってことだ。まぁ、大方、店主が美人の話に聞き耳を立てていたのだろうな。ちなみに、女が話していたっていう相手の男は、今回新宿で殺された奴だ」

「そうですか」

薫は手配書を押し返し、自分の仕事に戻ろうとした。

しかし、西宮は強引だった。手配書が、再び元の位置に戻される。

「お前、今は蔵元家の調査をしているだけだろ？」

「……だけって言っても、報告書の作成もあります」

西宮は、つまらなそうな視線をパソコンの画面に向ける。

「そんな報告書は、あとでいい。蔵元家の件のついでに、ここら辺の繁華街に聞き込みしてくれないか」

お願いというよりも、命令に近いニュアンスだった。断ったところで、それが通るとは思えない。

ため息を漏らした薫は、仕方ないといった調子を前面に出しながら了承した。

「それで、聞き込みって言っても、どの程度本気になればいいんですか」

質問すると、西宮は破顔する。

「適当に店を回って、女のモンタージュを見せるだけでいい。要は、仕事をしているというパフォーマンスを示せれば上出来だ」

そう言い残し、去っていく。本心からの言葉でないのは分かっている。薫は、こと捜査に関しては中途半端なことができない性格なのだ。それを知っていて、西宮はこの件を指名してきたに違いない。

モンタージュ写真を見る。

こんな美人なら、必ず誰かが覚えているはずだ。立川市の繁華街は、それほど多くはない。聞き込みの対象が飲み屋なので、自然と夜になるだろう。

私生活が仕事に圧殺されていくのを感じながら、時計を確認し、蔵元家に行く準備を始めた。


赤川に捜査車両で送ってもらい、帰りも迎えに来てもらう約束をしてから車を降りた。

巨大な屋敷を仰ぎ見る。

どこの家庭もそうだが、中をほじくり返せば、いろいろなことが見えてくるものだ。表面上は円満に見えても、実は憎しみ合っているというケースは往々にしてある。

刑事というのは人間の嫌な面を見ることが仕事なのだなと辟易していると、不意に、隅に押し込んでいた記憶が薫の頭に蘇った。

——薫の夫だった人間は、人当たりがよかった。誰にでも愛想がよくて優しい。誰にでも。

ただ、その中に、薫は含まれなくなった。

社会性もあり、金を稼ぐ甲斐性《かいしょう》もある。高身長で高学歴だった夫。

互いに譲らない性格だったので喧嘩《けんか》をすることは多かったが、それなりに上手くやっていた。結婚できて幸せだと思っていた。

その状態が暗転したのは、薫が妊娠できないということが判明してからだった。正確には、妊娠しにくい体質だったのだが、夫とその両親からは、妊娠できない人間という烙印《らくいん》を押された。

夫は子供を欲しがっており、それは結婚当初から言っていたことだった。しかし、なかなか妊娠しなかった。半年が過ぎた頃に病院を受診し、薫に着床障害があることが判明した。それからしばらくは不妊治療をしたが、結局、子供を授かることはなかった。

もう止めようと言ったのは、夫からだった。不妊治療を続けることに苦痛を感じ始めていたころだったので、そのときの薫は安堵した。

ただ、夫が止めようと言ったのは、不妊治療だけではなく、結婚生活も含まれていた。

最初、別れたい旨を伝えた夫の口調は冷静だった。立てこもり犯を諭すような調子は、やがて威圧的になり、最後には罵声となった。

薫は別れたくなかったので、最初こそ抵抗したが、最終的には応じるしか残された道はなかった。

三年の結婚生活で得られたものは、耐え難い苦痛と、手切れ金として渡された三百万円だった。

嫌なことを思い出したと舌打ちをした薫は、大きな屋敷を見上げ、この中に住まう住人のことを考える。

一見して、蔵元家の面々は、互いにいがみ合ってはいないようだった。しかし、なんの問題も抱えていない家族など存在しない。

膨大な富を抱えた蔵元家で、最初に思い浮かぶのは、金銭トラブルだろう。ひとまず、相続関係の話を舞子に聞いてみようと思った。

インターホンを押してしばらく待つと、有川の声で応答があった。名前を名乗る。すると、電子錠の門扉が開いた。勝手に出入りできるようにならないかと考えつつ、敷地内を歩く。玄関から建物内に足を踏み入れるころには、背中がしっとりと汗ばんでいた。

「文彦様が、居間でお待ちです」

有川が言う。幸先《さいさき》がいいなと思いつつ、拠点としている客間には寄らず、そのまま居間に向かった。

昨日、真紗子が座っていた場所の近くに、文彦は座っていた。こちらに視線を向け、目礼してくる。青いTシャツに、チノパンという出で立ちだった。痩身なのは庸一郎に似ているが、庸一郎のような威厳はない。常に外敵にさらされて逃げまどっている小動物のような印象だった。

真紗子に次いで、存在感が薄い人物。

それとなく、観察する。

指月を養子に取って父親となった文彦に、悲しんでいる様子はなかった。ただ、顔色は悪い。神経質そうに、太股の上で人差し指を動かしている。

「どうぞ」

呟くようなか細い声。

軽く会釈した薫は、勧められるがまま、ソファに腰を下ろした。前回と同じ場所。

対面している人物が文彦ではなく真紗子だったら、昨日の焼き直しのような状況だ。

「それで、なにが聞きたいんでしょうか」

問われた薫は、心持ち背筋を伸ばした。

「指月さんが亡くなった夜、文彦さんは……」

「寝ていました」即答し、続ける。

「物音も聞いていませんし、不審者も見ませんでした。あいつが誰かに恨まれているようなことも、ないと思います。自殺した理由も、私には見当がつきません。本当に、意外でなりません」

矢継早《やつぎばや》に言って文彦は口を閉じる。

文彦の部屋は、指月と同じ二階にあったが、真反対に位置する。本当に寝ていたのならば、物音は聞こえないはずだ。

「指月さんを養子に取ったのは、文彦さんの意思だと聞いています。たしか、大学の研究室の教え子だったんですよね」

目を見開いた文彦は、わざとらしく咳払いした。

「そうです」

「どこが、気に入ったのでしょうか」

「……それが、指月の死に関係があるのですか」

拒否の姿勢を示されたが、薫はそれを予測していた。

「答えなくても構いませんが、その場合、当時の大学の関係者に当たらなくてはならなくなってしまいます」

薫の脅し文句に目を怒らせた文彦だったが、反論はしてこなかった。背凭れに身体を預けて天井を見つめていた。二十秒ほどの沈黙の後、視線を薫に向けてくる。

「指月は、とびきり優秀な人間だった」

懐かしむような声だったが、悲しんでいるようにも聞こえた。

「日本で最高峰の医学部だから、もちろん優秀な学生は揃っている。それでも、ほかが霞《かす》んでしまうほどに指月は図抜けていた。しかも、両親がいない孤児で、奨学金とアルバイトを駆使しながら授業に出ている苦学生というから、驚いたよ」

「それが、養子にした理由ですか」

「いや、人格も申し分なかったんだ。それに、でも……」

急に喋るのを止めた文彦は、ばつの悪そうな表情をして押し黙ってしまった。

なにを言いかけたのかと問おうとしたが、文彦に話す意志がないのは表情から読み取れた。

人格は申し分ないと言ってから、それに、という接続詞。優秀であり人格も申し分ないという美点とは別に、文彦には指月を養子にする理由があったということだろう。

そして、その後に否定する接続詞が続いた。それが意味するのはなんだろうか。頭脳明晰《ずのうめいせき》で人格も優れている指月に、なにか落度が発覚したということだろうか。それが指月の死に関係するものかどうかは不明だが、明らかにするべきものだと感じた。

ただ、現時点では攻め方が思い浮かばない。

薫は軽く喉を鳴らす。

「指月さんが、なにかのトラブルに巻き込まれていたという話はありませんでしたか」

「いえ、全然」

首を横に振った文彦は、明らかに態度を硬化させていた。早く話を終わらせたいのか、右足を揺すり始めている。

良くない傾向だなと思いつつも、もう少し粘る。

「指月さんは、一人で外出をするような方でしたか」

警戒心を浮き彫りにした文彦は、不快感を露にする。

「……どうでしょうか。舞子と出かけることは多かったと思います」

「一人で行動をすることはなかったということでしょうか」

「……舞子に聞けばいいでしょう」

迷惑そうに言う。

そのとおりだ。指月の行動は、妻である舞子が一番把握しているのは重々承知している。それでも、別の人間に聞く必要がある。舞子が、本当のことを言うとは限らないし、舞子自身が情報提供を渋っている。

「では、指月さんの交友関係について、知っていることがあれば……」

交友関係という言葉を発した途端に、文彦は立ち上がった。

「ではこれで。食事をして、午後の診療に備えなければなりませんので」

そう告げると、一方的に話を打ち切り、居間から出ていってしまった。

止める間もなく取り残された薫は、しばらく呆然としていたが、ため息を一つ吐いて頭を掻いた。

この屋敷に来てから、ため息の回数が増えたなと感じた。ソファに浅く腰かけ、高い天井を見上げる。

これといった収穫はなかったが、指月に人格以外の問題点があるような口ぶりだったので、その内容については、今後明らかにしなければならない。

文彦の態度を思い返す。

表面上は、強気の姿勢を保っていたが、おどおどして、自信がなさそうに見えた。堂々としているのが常の医者のイメージとはかけ離れている。蔵元家の資産と、医者という職業。顔だって、悪いほうではない。自信を持つには十分な材料が揃っている。それなのに、どうしてあんなにおどおどしているのだろうか。性格と言ってしまえばそれまでだが、どうもそうではない気がした。

不可思議な点は、もう一つある。

話している間、終始文彦は目を泳がせていた。それは、自白を迫られる容疑者の様子と酷似していた。

なにを、隠しているのだろうか。

「どうかされましたか？」

不意に声をかけられた薫は、跳ねるように立ち上がった。

舞子が、少しだけ首を傾げた状態でこちらを見ていた。

「えっと、今、聞き取りを終えたところで……」

弁解するような言い方に、舞子はくすりと笑った。

「お父様、どうでしたか。私の夫を殺した犯人を知っていましたか。もしくは、犯人だとか？」

宝石のようにきらきらと光る瞳を向けながら、訊ねてくる。無邪気といってもいい語調だった。

背筋に、冷たいものが走る。いったい、どういうつもりで聞いているのだろうか。真意を探ろうとするが、端整な顔からはなにも読み取れなかった。

ただ、だれかに似ていると思った。

「……今回は、ただの聞き取りですから」

言いながら、どういう心境でいるのか推し量りかねていた。

舞子は、指月の死は自殺ではないと言い、そして、蔵元家の調査をしてほしいと依頼してきた。舞子は身内に犯人がいると考えている節がある。

指月が嫌われていると舞子は言っていた。養子として迎え入れられたということは蔵元家全体の了承があったからだろう。それなのに、嫌われているというのは妙だ。

舞子の言葉が正しかった場合、養子として蔵元家の一員になってから、指月はそれまで見せていなかった一面を露呈し、その結果、疎まれる存在となったのだと推量できる。

なにが、蔵元家と指月の間を引き裂いたのだろうか。その原因は、今も見えてこなかった。

再度、指月が嫌われた理由を訊ねてみる。

しかし、舞子は微笑むだけで、返事は返ってこなかった。

居間を出た薫は、拠点である客間に向かう。背後から、舞子もついてきた。

「ここでの調査で、不都合なことはありませんか」

「……大丈夫です」

借りている鍵で客間の扉を開けた薫は答える。一番の不都合は、舞子が情報をすべて開示しないことだと言いたかったが、この件が改善される見込みはなさそうだった。舞子は、先入観を植え付けたくないという、もっともな理由をつけていたが、本心かどうかは分からない。お陰で、ほとんど手探りの状態だ。

部屋の中は、昨日のままだった。使用人の有川が留守の間に掃除しておこうかと申し出てくれたが、その提案は断った。この部屋を汚すようなことはないし、調査の間、ここは薫のみが使用できる場所にしたかった。

薫をすり抜けるように追い越した舞子は、ベッドに腰掛けた。薫は椅子に座り、向かい合う。

「進展はありましたか」

無邪気な声で訊ねられた薫は、首を横に振る。

その反応に、舞子は不満そうな顔をした。

「なんとしてでも、私は真実を知りたいんです。夫を殺した人間を早く見つけてください。羽木さんは、優秀な警察官だと聞きました。ですが、こうも遅々として進展がないようでは、その評価は間違っていると思わざるを得ません」

傲慢な言い方をされ、反抗したい衝動に駆られるものの、なんとか我慢する。内心で悪態を吐きつつ、困惑した表情を顔に張り付けた。

「もちろん、懸命に情報収集をしていますが、まだ指月さんを殺す動機のある方がいるかどうか判然としていないもので……やはり、自殺かもしれません」

「ですから、誰でも犯人になり得る動機があるんです」

「その動機を教えていただければ、調査が進展するかと思うんです」

真っ直ぐな視線を向けながら言う。

「それは……」

舞子は、逡巡《しゅんじゅん》する様子を垣間見せたものの、押し黙ってしまった。

「先入観を植え付けたくないという気持ちは理解できますが、舞子さんが持っている情報を共有できれば、捜査しやすくなると思うんです」

食い下がってみるが、舞子は首を横に振った。

薫の顔が歪む。いつもなら、とことん詰問しただろうが、あまり過激なことをやって署長などに告げ口されるのは困る。それに、指月が自殺だと断定できる材料を無難に探すのが至上命題となっている薫にとっては、舞子の主観の混じった意見は百害あって一利なしの可能性もあった。

刑事にまでなって、ここでなにをしているのだろうかと肩を落としたとき、ふと、昨日の出来事が脳裏を過った。

「……そう言えば昨日、西東京都医師会の会長が来ていましたね」

「鳥居先生ですね」舞子はすぐに反応する。

「大日本医師会の会長選挙が近いからだと思いますが、最近は頻繁に来ています」

「失礼ですが」一応の前置きをしてから続ける。

「庸一郎さんは、会長選挙に大きな影響力を持っているんでしょうか」

「そうです」

舞子は頷く。

薫は、頭に浮かんだ疑問をそのまま口にする。

「蔵元家には、本当にそんな力があるんでしょうか」

目を瞬かせた舞子は、やがて、口元に笑みを浮かべる。

「蔵元庸一郎は、人を当選させる力はないが、人を落選させる力を持っている」

まるで、書かれた文字を朗読するような喋り方だった。

謎かけのようだった。人を落選させる力。そんな力に、どうして縋《すが》ってくるのだろうか。

「私は、政治のことはよく分かりませんけど、おじい様がそう噂されているのは小耳に挟みましたわ。この力を頼って、最近は戸熊さんも日参しています」

戸熊。赤川が言っていたとおりだ。

「……立川市長選挙に立候補している、戸熊浩二ですね」

舞子は頷く。

薫は目を細める。選挙戦はすでに始まっており、連日、選挙カーが車道を進みながら候補者の名前を声高に喧伝《けんでん》していた。

医師である庸一郎の影響力が医師会に及ぶのは理解できる。しかし、市長選挙にまで力を及ぼせるとは思えなかった。

「……それも、庸一郎さんの〝落とす力〟を頼っているんですか」

「たぶん、そうだと思います。どうして、ただの開業医である人間を頼るのかは分かりませんし、興味もありませんけど」

〝落とす力〟の内容を聞こうとした薫だったが、舞子の言葉に出鼻を挫《くじ》かれた。

「私にとって興味があるのは、夫を殺した人間が誰かということだけです」

真剣な眼差しを向けられて、心臓が高鳴った。顔全体で見ると幼い印象だったものの、切れ長の目だけは大人びている。その目からは、どんな感情も読み取れなかったが、強い意志が滲み出ている。

居心地の悪さに、胸がざわついた。

視線を外した薫は、平静を取り戻そうと意識しつつ口を開いた。

「少し踏み込んだ質問ですが、この家の相続関係は、なんの問題もなかったんでしょうか」

蔵元家には、相当な資産があるはずだ。つまり、相続で揉める可能性は非常に高い。今回死んだ指月は、養子という立場だった。庸一郎が死ねば、その息子である文彦が主に資産を引き継ぐのが順当だろうが、その後のことを考えると、相続争いが起きても不思議ではない。指月が生きていれば、ゆくゆくは蔵元医院の院長になっていただろう。それは、名実ともに蔵元家を継ぐということに繋がるはずだ。実の息子である佑二にとっては、面白くない話に違いない。

指月が自殺である証拠を集めたいと考えつつ、他殺の可能性を調べてしまう自分に呆れたが、他殺の可能性の排除をしているのだと無理やり納得させた。

「お察しのとおりです」

薫の心の内を覚ったかのように、舞子は言う。

「ゆくゆくは、夫が蔵元家を継ぐという話になっていました。そして、佑二お兄様は、それを快く思っていませんでした」

「それなら、殺害の動機として……」

「ただし」舞子は、薫の言葉を遮り、妖艶《ようえん》な笑みを浮かべた。

「私が思うに、佑二お兄様は、遺産相続で人を殺すほど豪胆ではありませんわ」

呟くように言った舞子は、立ち上がって近づいてくる。その様子が、今までとは違う。

どこか、異様だった。

「それに、たとえ遺産分割されたとしても、蔵元家の資産は相当なものですから、それほど揉めることはないと思います。佑二お兄様は遊び人ですけど、向上心がないのとお金に汚くないところだけが美点ですので、遺産の額については十分満足するかと思います」

言い終えた舞子は、渋面を作る。指月の死について、自分の意見を言わないという舞子のスタンスを曲げたことを悔いているように見えた。

「……そうですか」

薫は顎に手を当てた。金銭が絡むと人は豹変《ひょうへん》する。それは、佑二だって例外ではないだろう。しかし、舞子に嘘偽りを言っている様子はない。もしかしたら、本当に蔵元家の資産というのは、常人では計り知れないほどの額なのかもしれない。

「羽木さん」舞子は、ぐいっと身体を寄せてくる。

「ここに来たり帰ったりと大変じゃないですか。もし、捜査の時間が足りないようでしたら、ここに泊まっていってもいいんですよ」

舞子の手が薫の肩に置かれ、腕の形に沿って流れるように落ちる。

熱のこもった視線。

薫は、思わずその手を払いのけた。

*

東名大学を卒業した指月は、蔵元文彦の養子になり、蔵元医院に勤めることになった。大学病院からの引き合いも多かったが、すべて断った。

家族を持ちたい。

孤児として生き、家族というものを知らない指月にとって、文彦の申し出は喜ばしい出来事だった。

五回生の頃から、文彦の自宅に招かれるようになっていた。教授が特定の学生にする待遇としては異質だったが、そのときには、すでに養子にするかどうかの審査をされていたのだろう。

文彦の住む家は、屋敷と表現するに相応しい家構えをしていた。

招かれるのは決まって夜だった。蔵元家に混じっての夕食は気詰まりだったが、苦痛ではなかった。

当主である庸一郎は威厳があり、陸軍大将と紹介されても違和感がない。多くを語らない人だったが、悪い印象はなかった。養子になってからは、医師としての心得を叩きこまれるのと同時に、政財界の人間との会食などにも頻繁に同席することになった。気乗りのしない行事だったが、〝蔵元の人間として〟と言われると、断ることはできなかった。

庸一郎は、ほとんど口癖のように〝蔵元の人間として〟という表現を使った。そして、庸一郎自身、蔵元家を守り、繁栄させることこそが至上命題のようだった。

そのために、蔵元家に仇《あだ》なす者は排除する姿勢を貫いた。

前に、医院の前に猫や鳩《はと》の死骸《しがい》を置かれたことがあった。一度だけなら、偶然の可能性もある。しかし、その嫌がらせは三度続いた。その際、庸一郎は立川警察署の署長に依頼し、多くの警察官が犯人を追うことになった。まるで殺人事件が発生したかのような物々しさだった。何度か立川警察署の署長が様子を見るために屋敷に来たが、常に平身低頭していた。蔵元家は警察にも顔が利くのだなと驚いた。

結局、犯人は軽度の認知症を患った患者だということが判明した。どうやら、診察時の扱いに不満を抱き、死骸を医院の前に置いたのだという。庸一郎は、その患者を医院で診ることを禁止し、家族に対して、決して屋敷や医院に近づけるなと言い放った。

庸一郎が蔵元家のために生きているというのは明白だった。メリットになるものは受け入れ、デメリットは排除する。

自分は、メリットだったのだろう。

後継ぎの立場にあった真一が自殺した結果、その代理として自分を蔵元家の後継ぎにしようとしていることは、最初から知っていた。

代用品であることに不満はなかった。むしろ、感謝していたくらいだ。真一が生きていたら、この〝席〟は空かなかったはずで、当然自分はここにはいなかった。

蔵元家の一員になれたことに、後悔はない。初めて得た家族なのだ。

指月が養子になってからも、文彦の態度に変化はなかった。相変わらず教授と学生の関係のままだったが、それが心地よかった。学者肌の文彦を尊敬していた。庸一郎という偉大な父親がいるからか、文彦は影が薄かった。それだけではなく、心を閉ざしているようにも見えた。その原因は、今も分からない。

文彦の妻である真紗子は、淑やかな人だった。文彦と同じく、その顔に少し陰があるのは気になったが、陰気というわけではなかった。こんな母親に育てられたかったと心の底から思えるような人だった。

蔵元家の人間とは、価値観も生活様式もまったく違う。一種のカルチャーショックを受けたが、日々感じる齟齬《そご》を修正してくれたのが真紗子だった。一度だけ、二人で外出したことがあった。鎌倉《かまくら》にある鶴岡八幡宮《つるがおかはちまんぐう》で、梅雨の時期に蛍放生祭《ほたるほうじょうさい》という祭儀があり、それに呼ばれていたのだが、ほかの家族の都合が悪く、結局、二人で出席することになった。鎌倉を車で運転するのは初めてだったので、狭くて混雑した道を迷いつつ、ようやく辿り着いたときは祭儀が始まってしまっていた。仕方なく、境内の柳原神池《やないはらしんち》に放たれた蛍を見ることにした。養子となった指月にとって、真紗子は養母だ。しかし、この年齢で母親と思えるような関係を築くことは難しい。暗い道を並んで歩いていたのだが、互いにいよいよそよそしく、気まずい空気が流れていた。疎《まば》らになった蛍の光にも飽き、そろそろ帰ったほうがいいかなと思って案内板を探していると、不意に真紗子が感嘆の声を上げた。振り返ると、暗闇の中で大量の光が舞っていた。池面《いけも》に反射した光が揺らめき、幻想的な景色が眼前に広がる。

「すごい」

思わず声が漏れる。真紗子も、同じ言葉を発した。

たったそれだけのことだったが、この体験があって以降、真紗子とは親子として接することができるようになった。いい思い出だった。

文彦と真紗子の息子である佑二には、初めて会ったときから邪険にされていた。いきなり養子がやってきて、蔵元医院を継ぐという話になっていることを知れば、当然のことだとは思う。心情を理解できるからこそ、なるべく刺激しないように努めた。

舞子について、当時、どう思っていたのかを忘れてしまったが、好意を寄せられていると認識できたのは、養子になってからしばらく経ったころだった。養子という立場だったものの、結婚をするにあたり、そのことは思ったほどの障害にはならなかった。そのときに知ったのだが、当初、指月を養子にではなく、舞子の婿養子というかたちにしようという案もあったらしい。しかし、結婚自体したくないと主張していた舞子の頑なさに折れた文彦は、指月を養子にするという形にしたのだという。ただ、舞子の心境の変化により、結局は当初予定していた婿養子ということに落ち着いた。我儘なところのある舞子は、一度決めたら猪突猛進《ちょとつもうしん》するタイプだった。その性格に周囲は振り回されているようだったが、そこが可愛らしいと思った。舞子が結婚したいと言い、蔵元家が了承すれば、指月に断る選択肢はない。舞子の意思決定から結婚に至るまでは、まるで嵐に巻き込まれたかのような目まぐるしさだった。

蔵元医院では、医師として上手くやっていたと思う。

地域の医療に貢献しているという充足感を得ることもできた。患者に寄り添うように接しつつ、勤務している看護師とも良好な関係を築いていた。

蔵元医院は、内科のほかに整形外科もやっていたので、従業員も多かった。六人いる看護師の中で、男性看護師は伊藤一志《いとうかずし》だけだった。伊藤とは年齢も近く、たまに外出することもあった。伊藤は高校時代、お笑い芸人を目指していたらしい。それも影響しているのか、話していると楽しかった。舞子や、蔵元家の面々と一緒にいることに疲れると、酒好きな伊藤と居酒屋に出かけた。これが、指月の心の均衡を支える装置になっていた。

心の均衡。

上手く日常生活を送りつつも、指月は日々、罪悪感に蝕《むしば》まれていくような感覚に苛《さいな》まれていた。

そして、その黒く蠢《うごめ》くものはどんどん肥大化していき、心臓を締めつけていった。夜、ベッドに横になっていると、苦しくて呼吸ができなくなるときがあった。そんなときに、頭の中で反芻《はんすう》される言葉。

——皆を、騙しているのだ。皆を、欺《あざむ》いているのだ。

ため息が、止まらなかった。

端緒を摑んだかもしれない。

薫がその手応えを感じたのは、佑二に聞き取りをした後だった。

文彦の息子であり、蔵元医院の事務長をしている佑二は、明らかに薫を煙たがっていた。いや、憎しみを抱いていると表現したほうが適切だろう。なかなか話のできなかった佑二との話は、一方的なものとなった。

「俺は、あいつが死んで清々している」

開口一番に憎しみの言葉を放った佑二に、冗談を言っている素振りはなかった。恨みつらみが続く。

「少し頭がいいからって、人を見下したような態度を取りやがって。それに、なんか薄気味悪い奴で、なにを考えているのか分からなかったよ。それもこれも、生まれが悪いからだろうな。調べたら、両親に虐待されていたっていうじゃないか。虐待された奴は、今度はする側に回るに決まっているんだ。知っているか？　あいつの本当の父親は、傷害事件を起こして逮捕されたこともある。母親は大麻の中毒だし、絵に描いたような底辺だ。ろくでもない奴らから生まれたあいつは、やっぱり、ろくでもない奴なんだよ」

大方、養子にするという話のときか、舞子と結婚するという話になったときに、指月の出自について興信所にでも調査依頼をしたのだろう。佑二は、鼻梁《びりょう》に皺を寄せ、臭いものでも嗅いだときのような顔をする。

指月が死んだ当日に気づいたことはあるかという薫の質問を無視して、矢継早に悪口を発し、ようやく溜飲《りゅういん》が下がったのか、口を閉じる。

佑二の口調には、多分に差別的な感情が込められていた。そして、佑二が薫を見る視線にも、同様のものを感じた。

聞いていて気持ちのいいものではなかったものの、一貫して指月を嫌っていることを主張する佑二は、殺人犯という枠から除外してもよさそうだった。警察官である薫に対して、これほどまでに指月への憎しみを語るというのは、指月を殺していないという証左と考えてもいい。そう思わせるように計算しているのなら感服するが、佑二はそんなに頭の回る男ではない印象だった。

佑二との実りのない話を終えてから、薫は蔵元医院を見て回った。

瀟洒《しょうしゃ》で規格外な大きさの屋敷と比べて、病院は普通だった。調度品などには凝っており、二階建ての建物もかなりの広さがある。それでも、医院という枠に収まった造りになっていた。

正面玄関から入ると、すぐに待合のスペースがあった。右手に受付があり、女性が三人座っている。左手には、ライトブルーのソファが壁際に並べられているほか、空間の中央にも同系色のソファが設置されていた。全部で五十人ほどが座れるだろう。

診察室へ続く扉は、三つあった。それぞれに、一から三までの番号が書かれている。扉に沿って奥に進むと、リハビリに使うような医療機器が置かれた空間が右手に現れる。かなり多くの機器が並んでいた。それらを患者が利用している。

二階へと続く階段を上り、廊下を進む。輸液を詰め込んだ段ボールが積まれている部屋、過去に調剤スペースだったと思われる部屋。そして、雑多なものが置かれている部屋を過ぎ、事務所に至る。制服を着た事務員が二人に、看護師の姿も三人。皆、忙しそうにしていた。病院についての知識は乏しかったが、いろいろな事務処理があるのだろう。彼女たちに話しかけるのは憚《はばか》られたので、声をかけることなく一階に降りた。

医療機器が置かれた部屋を横切ったときに、笑い声が聞こえてくる。視線だけを向けると、白衣を着た男が目に入った。男のほうも、こちらに気づいたらしく、軽く会釈してくる。薫も頭を下げると、男は患者になにか言ってから、こちらに近づいてきた。

「刑事さん、ですよね」

短髪の男は、伊藤と名乗った。短髪で、焼けた肌とは対照的な白い歯を持っている。なにかしらのアウトドアスポーツをしているのだろう。筋肉質で、ともすれば暑苦しく感じられる体型をしていたが、清潔感があった。

なかなか良い男だなと考えていると、伊藤は顔を近づけてきた。不意のことだったので、鼓動が速まる。

「指月先生が殺された件を調査しているんですよね」

小声で訊ねてくる伊藤の目は、不安そうに細められていた。

薫は、殺されたかどうかは不明のままだと訂正しつつ、周囲に人がいないことを確認する。この人物は信用できると直感し、医院内での話を聞こうと思った。

名前を名乗り、言葉を続ける。

「……少し、お話を伺ってもいいでしょうか」

「あ、今は仕事中ですので」

即座に断られる。間髪《かんはつ》を入れない反応に、薫は落胆の色を表に出してしまう。それを見た伊藤は、悪戯っぽく笑った。

「今は駄目ですが、仕事が終われば大丈夫ですよ。十九時頃は、どうでしょうか」

虚を衝かれた薫は、喜びがじんわりと胸に広がるが、表情筋が動かないように意識した。

「分かりました」

少し、声が上擦ってしまったものの、動揺しているのは気づかれていないはずだ。

「よかったです」伊藤は満面の笑みを浮かべる。

「では、十九時にここの入り口で。近くの居酒屋に行きましょう」

そう言った後、すぐに部屋に戻っていってしまう。

その後ろ姿を呆然と眺めていた薫は、軽く頭を横に振って我に返る。これは、あくまで聞き取り調査の一環だ。職務であり、そこに私情を挟んではいない。

そう念じつつも、浮ついた気持ちを抑えられなかった。

約束した時間までは、蔵元家の使用人を中心に話を聞いていたが、有力な情報を得ることはできなかった。そもそも、伊藤との食事のことが気になって調査に身が入らず、十八時からは客間にこもって時間を潰すことにした。赤川に車で迎えに来てもらう予定だったことを思い出し、断りの連絡を入れる。

十九時。

逸《はや》る気持ちを抑えて、屋敷から医院へと通じる小道を一定の速度で歩く。

正面玄関の前に、伊藤の姿があった。上からのライトに照らされた横顔に、思わず見とれる。体育会系の体型とは対照的に、繊細さを持った横顔だった。

「あ、羽木さん！」

子供がするような満面の笑みを浮かべた伊藤は、腕を上げて手を振ってきた。ここで小走りに近づくのは年甲斐がないと思い、歩調は変えなかった。

「では、行きましょうか」

目の前に立つと、伊藤は近くに置いてあったマウンテンバイクを引きながら、歩き出した。顔ばかりに気を取られていたので、自転車の存在が見えなかった。

「勝手に決めちゃいましたけど、居酒屋で大丈夫ですか」

問われた薫は頷く。

二人は、立川駅に向かった。

十五分ほど歩き、駅に隣接する雑居ビルにある居酒屋で食事をすることにした。自転車を鎖状の鍵でポールに括りつけた後、エレベーターで五階に上がる。伊藤が仕事帰りに寄ることのある居酒屋で、店の奥にある個室に入った。平日のためか、客の入りは半分ほどだった。

「自転車で通勤しているんですか」

「そうですよ」

おしぼりで顔を拭った伊藤は、少しの間を置いてから決まりの悪そうな表情を浮かべる。

「お酒を飲んだら、自転車は押して帰りますよ。ここからは徒歩でも二十分くらいですから、いい酔《よ》い醒《ざ》ましなんです」

飲酒運転のことを咎められると思ったのだろう。ここで五月蠅《うるさ》く追及するつもりはなかったので、その話には反応しなかった。

互いにビールと、数品の料理を頼む。ほとんど待たされずに、注文の品がテーブルの上に揃った。

「ここ、安くて料理が早く出るんで好きなんですよ。俺、待たされるのが苦手なんです。我慢弱いというか、そそっかしいというか」

そう言った伊藤は、一気にビールを八割ほど飲み、すぐに追加注文する。次に注文したハイボールも、間を置かずに店員が持ってきた。

伊藤の容姿を観察する。年齢は、薫よりも少し下だろう。腕が太く、筋肉質だった。汗で、青いTシャツが肌に貼りついている。

「それで、聞きたいことというのは、指月先生のことですよね」

伊藤は、途端に真剣な声を発した。

ビールを一口飲んで喉を潤した薫は、顎を引く。

「そうです」

「指月先生の奥さんが、自殺じゃないって疑っていることは聞きました。それって、本当なんでしょうか」

薫は、個室の防音性が気になったものの、周囲にいる客の騒がしさで秘匿性《ひとくせい》は保たれると判断した。

「まだ分かりません」

「他殺を思わせるような証拠でも出たんですか」

薫は首を横に振る。

「今のところ、舞子さんの主張以外には、他殺を思わせるようなところはありません」

そう言った後、心持ち声をひそめる。

「これはあくまで情報収集の一環なのですが、病院内などで、指月さんが恨まれていたり、トラブルに巻き込まれていたようなことはありませんでしたか」

手で顎の辺りに触れた伊藤は、眉間に皺を寄せた。

「……そうですねぇ」ハイボールの入った大きなグラスをテーブルに置く。

「指月先生は、誰からも好かれていましたからね。とくに、そういったことはなかったと思います。あ、でも事務長は……」

続きを言おうとして、慌てたように口を噤んだ。

薫は苦笑を浮かべる。

「事務長の佑二さんが、指月さんを嫌っていることは知っています。本人からも伺いました」

言いつつ、ここまで悪感情を隠さない人間が、家の中で殺人を犯すというリスクは負わないだろうという確信を強める。

「伊藤さんは、指月さんとは仲が良かったですか」

薫は気楽な調子で訊ねたつもりだった。

しかし、伊藤は警戒の色を浮かべ、テーブルに視線を落とす。どうしたのかと思って覗き込もうとすると、伊藤は唐突に顔を上げた。

「……もしかして、俺、疑われています？」

その言い方が滑稽《こっけい》に聞こえた薫は、思わず吹き出してしまう。

背筋を伸ばした伊藤は、困惑した表情を浮かべていた。

「今回は単純に、話を聞きたかっただけです。ですが、疑わしいところがあれば、もちろん疑いますけど」

「えぇぇ」

目を見開いた伊藤は、驚いた声を上げる。わざとらしい仕草。どうやら、この状況を楽しんでいるらしい。

薫は、それに乗ることにした。

「事件当日の深夜、どこにいましたか」

「えっと、あの日はたしか……家で寝ていました」

「アリバイがないということですね」

「えぇぇ……つまり、容疑者として合格ってことですか」

びくりと身体を震わせた伊藤が訊ねる。薫は、否定も肯定もしなかった。指月が殺されたのは夜中だ。アリバイを持っている人間は少ない。むしろ、完璧なアリバイをすらすらと喋られたほうが疑念を持つ。

「合格です。身辺調査が必要かもしれません」

「身辺……叩けば埃《ほこり》が……」

不安そうな表情を作っている伊藤は、やがて口元に笑みを浮かべた。

ひととおり問答を繰り広げたあと、互いに声に出して笑う。

薫は、ビールを飲むペースが速いことを自覚しつつ、もう一杯注文する。私情を挟んではいけないのに、心が弾むのを抑えられなかった。

伊藤は唐揚げを頬張り、それを呑み込んでから口を開く。

「実は、俺と指月先生は仲がよくて、よく遊びに行ったんですよ。年齢が近かったですから」

「そうなんですか」薫は、二杯目のビールに口をつける。

「男が二人で遊ぶって、どういったことをするんですか」

その質問に、伊藤は虚を衝かれたように目を瞬かせたが、すぐに元の表情に戻る。

「酒を飲んでばっかりです。要するに、居酒屋巡りですね。立川はもちろんですが、都心に出たりもしましたよ。中央線って、便利なんですよ」

伊藤は、再びハイボールを頼む。今度は、通常の二倍サイズのものだった。顔色がまったく変わらない。かなり肝臓が強いのだろう。

薫は半分になったグラスを見ながら、遺体となった指月の顔を思い出していた。繊細な顔立ちに、華奢《きゃしゃ》な体つき。伊藤と一緒に飲むほどの酒豪には見えなかったが、痩せた人間が酒に弱いとは限らない。

結局、その後は聞き取りというよりも、普通の飲み会をして解散となった。

翌日。

薫は二日酔いによる頭痛に顔をしかめつつ、蔵元家に向かった。送ってくれた赤川に酒臭いと嫌な顔をされたが、声を発すると吐きそうだったので、ずっと窓の外を見ていた。

蔵元家の客間に無事に到達し、ベッドに倒れ込む。

両手で顔を覆いつつ、早く頭痛薬が効くように念じる。昨晩は、自身のアルコール許容量の二倍は摂取してしまった。伊藤と過ごす時間は楽しく、ついつい酒が進んでしまった。もう若くないのだと自戒しつつ、醜態《しゅうたい》をさらさなかった自分を褒めたかった。

蔵元家の調査も三日目に入ったが、他殺の可能性は浮上してこなかった。ベッドに仰向けになり、高い天井を見つめた。ふと、昨日の舞子の様子を思い出し、身震いする。急に肩に触れてきたときの舞子は、普段の様子とはかけ離れていた。官能的な視線だったが、粘度を感じさせないものだった。どう表現したらいいのか分からない。触れられて嫌だという感情は抱かなかったが、底知れぬ〝情〟のようなものを視線に感じた。その目に浮かんでいたのは、好意とか、そういった単純なものでは決してなかった。この人間は本当に使えるのかという値踏みと、使えるのなら傍に置いておきたいという愛玩《あいがん》的な眼差しに近い印象を受けた。

ここでの調査は、普段の刑事としての仕事よりも気を遣うし、疲労感も大きい。なにかしらの理由をつけて、指月が自殺と断定してしまおうかと考える。

一方で、まだ続けたいという思いも芽生えていた。指月の死に疑いを持っているわけではない。看護師である伊藤の存在が、ここに留まりたいという思いを強くしていた。

昨日のことは、久しぶりにいい体験だった。夫と別れてからは、男に対して不信感を抱くようになっていた。デートのようなことは一切していないし、望んでもいなかった。仕事仲間は別として、男と二人きりになる状況自体を避けていた。伊藤と居酒屋に行ったのも、調査の一環だったので仕事といえば仕事だったが、アルコールの力も手伝ってか、薫は自然体で接していた。そして、その状況をすんなりと受け入れられた。伊藤は、ほかの男となにが違うのか。好みの顔なのは確かだったが、それ以上に、安心感があった。根拠があるわけではなく、感覚的なものだ。それでも、二人きりで食事をすることに抵抗はなかった。これから伊藤との仲が進展していくと考えるほど楽観的な性格ではなかったが、久しぶりに心が躍る快感を覚えた。

動機は不純だが、もう少し蔵元家の調査を続けようと思った。

そんなことを考えていると、扉がノックされる音が聞こえてきた。慌てて上半身をベッドから引き剝がした薫は、髪の乱れを手櫛で直しつつ、返事をする。

部屋に入ってきたのは、最古参の使用人である小高だった。そわそわと落ち着きのない様子。まるで、ここに別の人間が隠れていないかを疑うように、しきりに視線を動かしている。

「今、大丈夫かしら」

一度後ろを振り返った小高が言う。黄色いエプロンが濡れていた。

「はい。なにかありましたか」

薫は胸の辺りに残る不快感が表に出ないように、涼しい顔を装った。

「指月先生が亡くなったことと関係があるか分からないけど……」

小高は、言いにくそうに唇を歪め、太股のあたりで掌《てのひら》を拭う。次の言葉を待ったが、なかなか喋り出そうとはしなかった。

薫は唾《つば》を飲み込むことで、胃からせり上がってくるものを押し込む。

「……気になったことがあれば、教えてください。もちろん、私に話していただいたことについて、誰からの情報かを口外するようなことはしません」

「……絶対ね？」

小高が疑うような視線を向けてきたので、薫は即座に頷いた。疑義の入り込む余地を与えてはならない。

「もちろんです。一人の刑事として、それは絶対に守ります」

刑事という単語を強調する。どれほどの信頼感を与えられたかは分からないが、小高は安心したようだった。

「実は、使用人の間で変な噂があったのよ」

「噂、ですか」

頷いた小高は、椅子に腰掛ける。その顔には、わずかに好奇の色が浮かんでいた。

「指月先生が、不倫しているんじゃないかっていうこと」

不倫。

小高の話に期待を抱いてはいなかったが、興味深い話だ。遺産相続による怨恨の線が薄くなった今、不倫を発端とした犯行というのは動機として魅力的だ。

「誰かが、指月さんが不倫をしていることに気づいたんですか」

勢い込んで訊ねると、小高は渋い顔をした。

「最初に誰が言ったのかは分からないわ」

その返答に、薫は不安を覚える。

「根拠のようなものは……」

「根拠っていう根拠もないのよ」

ますます雲行きが怪しくなっていく。不倫は、ただの噂でしかないということだろうか。

咳払いをしてから、口を開いた。

「では、どうして指月さんが不倫をしているという噂が流れたんでしょうか」

「それは、女の勘よ」小高は真面目な顔で言う。

「指月先生がここに来た当初は、そりゃあもう物静かでね。絵画に描かれた美青年って感じだったのよ。ここの生活に面食らっていたようだし、もともとの性格と相まってか、ほとんど感情を表に出さなかったの。でも、無表情ってわけじゃなかったのよ。いつも物腰が柔らかくて、絶えず微笑んでいるような方でね。患者さんからの人気も絶大だったの」

懐かしむような視線を宙に向けた小高は、悲しみと落胆が入り混じったようなため息を吐く。心底、指月の死を悼んでいるようだった。

「それが、半年ほど前かしら。急に明るくなったというか……なにかを心待ちにしているというか……」上手く説明できずに苦心しているのだろう。小高は腕を組む。

「ともかく、嬉しそうだったの。ここで働いている同僚の間で、舞子様に隠れて女ができたんじゃないかって話をしていたのね。だって、あの容姿に、医者という地位でしょ？少し色目を使えば、大概の女性はころりよ。でも、最近は逆に落ち込んでいるようだったから、もしかしたら、不倫相手と別れたんじゃないかって噂をしていたのよ」

「そうですか……」

相槌《あいづち》を打ちながら、今聞いた話を頭の中で総括すると、要するに、根拠のないただの噂話ということか。

「あ、疑ってるでしょ？」

小高はふくれっ面になる。

「ここで働いているほかの使用人も、不倫しているって思っていたみたいよ。女って、そういうことに敏感なんだから」

そう言って立ち上がると、この話はここだけに止《とど》めてほしいと何度も念を押してから部屋を出ていった。

一人になった薫は、ベッドに腰掛ける。仕事モードになったことで、二日酔いが軽くなった気がした。

小高の話しぶりからは、指月の不倫は噂の域を出ないもののようだ。ただ、面白い話ではある。今まで、現場検証を終えているからと後回しにしていたが、不倫の証拠を探しに指月の部屋に行こうかと思い立った。

客間を出て、ロビーを進む。二階へと続く階段を上がろうとしたとき、庸一郎の声が聞こえたので足を止めた。居間の扉が開いたままで、そこから会話が漏れていた。

「頼みますよ！　このとおりです！」

聞き覚えのある声。

記憶を辿っていくと、黒光りした顔が頭に浮かぶ。西東京都医師会の会長である鳥居の声だ。

「今回の会長選、どうしても大阪に取られたくないんです！　このとおりです！」

声だけ聞くと、額を床に擦りつけているような懇願ぶりだった。

「……大阪府医師会の糀谷《こうじや》君とは、同窓でしたよね」

庸一郎の落ち着き払った声。

「そうなんですよ！　切磋琢磨《せっさたくま》してきた仲ですが、最大のライバルでもありますからね！　それに、最近は連続で大阪府医師会に大日本を握られていますから。そろそろ東京に戻したいと考えていますので、どうか、もうひと押しのお力を！」

鳥居は声を張り上げる。その後で、ややか細い声も聞こえてきた。秘書の江田のものだろうが、内容までは聞き取れなかった。

ふつりと、声が途切れる。

いったい、どういう状況になっているのだろうか。部屋の中を覗きたい衝動と戦っていると、庸一郎の声が聞こえてくる。

「分かりました」

「ありがとうございます！」

叫び声に近い鳥居の音量に、薫は思わず顔をしかめた。ようやく二日酔いによる頭痛が治まってきたのに、再発しそうだ。

「いやぁ、本当に感謝しますよ」鳥居の声からは、安堵の色が漏れていた。

「庸一郎先生が、私なんぞに会いたいと仰っていただいたときは、びっくり仰天しましたよ。しかも、できる限り協力をしたいと言っていただけて、恐悦至極に存じます」

一拍の間。

「……大日本医師会の選挙に出ると聞き、一度お会いしてみたいと思っただけですよ」

「それでも、私なんぞを気にかけていただいたことに変わりはありません」

薫は目を瞬かせる。

会話の流れから、最初に声をかけたのは庸一郎ということだろうか。今回の大日本医師会長選に力を貸すことで、庸一郎になにかしらのメリットがあるのだろうか。蔵元家は、政財界に顔が利くという話は聞いた。

「おい、江田」

急《せ》かすように鳥居は言う。

紙が擦れるような音。

「あの、これは先日ご所望されたものでございます」

おずおずとした声は、鳥居のものだった。

「あぁ。五百万円ですね」

淡泊な庸一郎の声。

五百万円と聞き、薫は目を見開いた。選挙に協力する見返りということか。賄賂《わいろ》ということになるが、大日本医師会が公職選挙法の範囲に入るのかどうか分からなかった。いや、大日本医師会会長選挙は、公職ではない。おそらく、違法ではないだろうと思いつつも、薫は落胆する。こんな大きな豪邸に住んでいて、なおも金を欲しがる庸一郎のことを浅ましく感じた。権力を持つ人間のいやらしさに辟易する。これ以上ここに留まっても意味がないと思い、この場所を離れようと一歩踏み出した。

「この五百万円ですが、やはり、私には必要ありません。持ち帰っていただいて結構です」

意外な返答に、薫は足を止めた。

「……どういうことでしょうか」

鳥居の声が僅かに震えている。ずいぶんと狼狽《ろうばい》しているようだった。

「どうもこうも、不要になったのです」

有無を言わさぬ口調だった。

鳥居も江田も、沈黙している。

会話の流れから、庸一郎の方から賄賂を要求したように聞こえた。それなのに、どうして断るのだろうか。金を目の前にして気が変わったのだろうか。どうも、釈然としなかった。

「選挙の件は、分かりました。それでは、私はこれで失礼します」

庸一郎の言葉に、薫は慌ててその場を離れた。鉢合わせしたら大変なことになる。足早に進む。

「選挙戦、頑張ってください」

二階への階段を上りきったところで、庸一郎の声が背後から聞こえてきた。

見咎められずにその場を離れることのできた薫は、指月の部屋に向かった。

絵画が飾られた廊下を歩く。風景画ばかりで、人物画はなかった。淡い色調が多いのは、誰かの趣味なのだろうか。

端にある部屋が、指月のものだった。閉じられている扉を開けようとしたが、伸ばした手を引っ込める。

ここの住人は、すでに死んでいる。だからといって勝手に中に入るのも気が引けたので、ノックをしてから入ろうと思った。

妙な気分になりつつ、二度、扉を叩いてからドアノブを握る。

「どうぞ」

不意にくぐもった声が中から聞こえてきたので、薫は飛びのきそうになった。返ってくるはずのない声に慄《おのの》いたが、すぐに聞き覚えのある声だと気づく。

「羽木です。失礼します」

ドアを押して部屋に入る。ベッドに座っている舞子がいた。ほとんど無表情に近い。

「なにか、ご用ですか」

「……少し、現場の調査をしようと思いまして」

舞子は、人形と入れ替わってしまったかのように動かなかったが、やがてこくりと頷く。その仕草も、どこか人工的に感じた。

「私、ここにいてもお邪魔じゃないかしら」

もちろんだと答えると、舞子はわずかに微笑んだ。

薫は周囲を見回してから、部屋の中央付近に視線を落とす。この場所に、指月の遺体が横たわっていた。しかし今は、その形跡はまったく残っていない。床はクリーニングされ、血飛沫が付着した壁も張り替えられている。現場検証時には、調度品のほとんどに血痕が付着していたが、今は綺麗に拭き取られていた。

鑑識の報告によると、腹部を刺した後に歩き回り、遺書を書いてから頸動脈を包丁で切って絶命していた。

自殺にしては忙《せわ》しない印象で、不自然だ。ただ、それが他殺の理由にはならない。部屋には、外部から侵入した形跡はなかった。家族の中に犯人がいれば別だろうが、殺害に及ぶほどの動機のある人間がいるようには思えなかった。

部屋を歩き回っても、なにかが都合よく見落とされているようなことはない。

周囲を見渡す。それにしても、広い部屋だ。

狭い部屋に慣れた薫にとっては、居心地が悪い。指月は、児童養護施設で育ったようだが、ここの暮らしは快適だったのだろうか。

考えても仕方のないことを考えつつ、歩き回る。

角部屋なので、二面に窓があり、陽の光が差し込んでいた。窓際に置かれている机の前に立ち、ふと思う。

指月は、日記を書いていたのだろうか。

「なにか、見つかりましたか」

唐突に声をかけられる。振り返ると、舞子の視線とぶつかった。その目は、燃えるような強い意志を感じさせるものだった。

気おくれしつつ、口を開く。

「指月さんは、日記をつけていましたか」

その問いに、舞子の瞳に宿る光がわずかに揺れた。

視線を手元に落としてから、声を発する。

「どうでしょうか。私は知りません。少なくとも、この部屋にはありませんでした」

「そうですか」

日記があれば、指月の人柄や、考えていたことが分かると思ったのに残念だ。

指月が映った写真が視界に入る。写真を見る限りでは、繊細で、物腰が柔らかく、かなりの美形。愁いを帯びているように思えるのは、考えすぎだろうか。

虐待を受けて孤児になり、ここの養子となった後に、舞子と結婚して蔵元医院を継ぐ立場になった。こうして考えると、サクセスストーリーに見えるが、結局は死んでしまった。

指月はここで、どのように生活していたのだろう。

「舞子さんは、指月さんのことを愛していましたか」

特に考えずに発した問いに、舞子は感傷的な表情を浮かべる。それを見て、配慮のない質問だったと後悔した。

「すみません。今のは……」

「いいんです」

泣きそうな顔をしながら、首を横に振った舞子は、髪を耳にかけてから視線を床に落とした。

「最初、夫がここに養子にきたときは、正直なところ、気に食わなかったんです」

溢れ出る感情を押し殺そうとしているのか、その声は、やけに起伏のないものだった。

「まず、お父様がよく連れてくるようになって、夕食に同席する頻度が多くなったんです。

そのときは、可愛がっている学生なんだなとだけ思っていたんですけど、養子にすると聞いたときは驚きました。でも、真一お兄様が亡くなっていて病院の後継ぎが不在の状態でしたし、当時の私は、誰とも結婚したくないと考えていたので、養子という話自体には驚かなかったんですけど、まさか自分の生徒を養子にするとは思いもよりませんでした」

「舞子さんは、どうして結婚したくなかったんですか」

話の腰を折るような質問だということは分かっていたが、理由を聞きたかった。蔵元家ほどの名家ならば、婿養子という選択肢もあっただろう。

舞子は、自嘲《じちょうてき》的な笑みを浮かべる。

「私は、男の人が苦手だったんです。昔から、なんか別の生き物みたいで怖くて」

「でも、指月さんは中性的だったから大丈夫だったんですか」

指月の顔を思い出しながら問う。舞子は、否定も肯定もしなかった。

「夫は、とても優しくて、誰も傷つけたくない性格なんです。虫も殺せないっていうのは、こういうことを言うんだってぐらいに。そういった奇特なところに惹かれて、好きになったんです。そもそも、最初は私の婿養子にしようという話が出ていたので、おじい様も、お父様もお母様も、反対はしませんでした。私が言い出したら聞かない性格なのを知っていますから」

我儘が通ることに慣れているのだろう。とくに悪びれた風もなく言った舞子は、話を続ける。

「私は、夫のことが大好きでした。今でも大好きです。だから、夫を殺した人を、私は絶対に許さない。それがたとえ家族だとしても、絶対に」

唐突に、舞子の顔が憎悪に歪んだ。

薫はその変化に、ぐにゃりという擬音をつけたくなった。

暗い影と燃えるような意思が混じり合った顔は、恐怖心すら覚えるものだった。もし、本当に指月を殺した人間がいたとして、それを暴いてしまったら、舞子はどうするのだろうか。

刑事としてあるまじきことだが、真実はどうあれ、このまま指月の死を自殺のままにしておいたほうがいいような気もした。

今の言動だけでも、舞子が指月を愛していることがひしひしと伝わってくる。

そんな指月が不倫をしているかもしれないということに、舞子は気づいていたのだろうか。

そのことを聞こうと口を開くが、声に出すのは憚られた。確証が得られるまでは、不倫のことは伏せておこうと思った。

張り詰めた空気の中、居心地の悪さを覚えた薫は、話題を変える必要性を感じる。

「そういえば、さっき、一階で庸一郎さんが医師会の方と会っていましたよ」

「医師会？」いつもの、おっとりとした雰囲気に戻った舞子は、わずかに頭を左に倒す。

「ああ、鳥居先生ですね。どうでしたか？」

「どうと言われましても……」薫は答えに窮する。盗み聞きをしたとは言えない。

「庸一郎さんは、大日本医師会の選挙協力をするんでしょうか」

「するみたいですね。この前の夕食の時に言っていましたわ」舞子は頷く。

「でも、日参している鳥居先生の思惑どおりに事が運ぶかは分かりませんけど」

そう言って舞子は、口の端を上げて意味深長な視線を向けてきた。

どういうことだろうか。

理由を聞くが、答えてはくれなかった。

引き続き部屋に留まると言った舞子を置いて、薫は拠点にしている客間に戻ろうと階段を降りる。

声が聞こえてきた。

「ああ、そうだ。主要な人間に上手く流布しておいてくれ」

庸一郎が携帯電話で話をしていた。なんとなく、ばつが悪い。

会釈してから通り過ぎようとすると、低い声で呼び止められる。

「指月の死について、なにか分かったのか」

表情をまったく変化させない庸一郎は、古代ギリシャの石膏像を思わせた。

「……今のところは、まだなんとも言えません」

「そうか」

携帯電話をポケットに入れた庸一郎は、まっすぐにこちらを見てきた。

真偽を推し量るような視線に、薫は息苦しくなる。痩身の庸一郎が放つ威厳。さすがは蔵元家の当主というところだ。

「……なにか、ありますか」

じっと見つめられるだけの状態に居《い》た堪《たま》れなくなった薫が訊ねる。すると、庸一郎は薄い唇を動かした。

「もし、真相というものがあった場合は、誰よりも先に、私に報告するように」

一切の反対意見を許さないような命令口調に、警察組織で上意下達を叩きこまれた薫は即座に頷いてしまう。

「頼む。君の仕事ぶりは、署長から聞いている。ここでの調査についても、現時点では満足している。この調子でやってくれればいい」

そう言い残し、庸一郎はダイニングの方向に歩いて行ってしまった。

褒められたことを意外に思いつつ、薫は客間に戻る。

机の上に置いているバッグから、手帳を取り出し椅子に座って文字を書きこむ。

『舞子は、かなり深く指月を愛している』

『西東京都医師会の鳥居に、庸一郎は協力？　どうして金を受け取らなかったのか？』

ペンを一度止め、先ほどのことを思い出しつつ、追記する。

『庸一郎は、指月の件を気にかけている。どうして？』

感じたことを書き終え、手帳を閉じた。

窓の外を見る。

青い空。湧き上がるように盛り上がっている入道雲。冷房の効いた部屋から見れば爽《さわ》やかな光景だったが、一歩外に出てしまえば暑苦しいだけの夏の日だ。肌の天敵である紫外線が降り注ぎ、呼吸をすると、熱気と排ガスが入り混じった空気が流れ込む。身体に良いわけがない。夏を好きだという人間は、自分の身を案じない愚か者だと思っていた。

庭園の一角に、光の粒が舞っていることに気づく。水飛沫だった。炎天下、ホースで水やりをしているのは、使用人の有川だ。

慌ただしく立ち働く使用人に話を聞くのは憚られた。だが、水やりの最中なら問題ないだろう。

太陽の下に立つ自分を想像して意欲が下がりそうになったが、気持ちを奮い立たせて外に出ることにした。

冷房の恩恵を無くした途端に、後悔が押し寄せてきた。

刑事という職業は、外を歩き回って靴底をすり減らすものだ。延々と続くかに思える聞き込み捜査に比べれば、このくらいは容易《たやす》いはずだ。ただ、こうも日本の夏は暑かっただろうか。年々耐え難くなってくるのは、地球の温暖化ではなく、加齢によるものかもしれない。そう思いつつも、体力の衰えを認めたくはなかった。

嫌な結論に至ったなと落胆しつつ、有川の背後に立った。

「ちょっと、いいですか」

声をかけると、有川はビクリと身体を震わせて、肩が縮こまった。

「……あ、羽木さんですか」

恐る恐るといった調子で振り向いた有川は、帽子のツバを上げ、薫の顔を見て安堵のため息を吐いた。

「こんな炎天下で水やりって、大変ですね」

頬を流れる汗を見ながら言うと、有川は苦笑する。

「敷地内の芝生はスプリンクラーで散水しているんですが、花はどうしても手でやってほしいと言われていますので」

「これ、なんていう花ですか」

緑色の葉の間から、赤や白の花が咲いていた。花弁が多く、レース状になっているように見える。花にまったく興味がなかったので、薔薇や桜といったポピュラーなものしか知らなかった。

「芙蓉《ふよう》です。指月様がお好きな花らしくて、ここに養子に来られたときに植えたんです」

名前は聞いたことはあるが、こういう花だったのか。薫は感心しつつも、指月の名前が出たので本題に入ることにする。

「一つ、確認したいことがあるんです」

「なんでしょうか」

「指月さんが不倫をしていたという噂は、ご存じですか」

芙蓉の花に水をやり続けていた有川の動きが、一瞬止まったように見えた。帽子のツバが邪魔で表情が確認できなかったが、口元をきつく結んでいるのは分かった。

なかなか話し出さない。

反応しないということは、知っているということだ。

「ある方から、指月さんが不倫をしているという噂が出ていたということを聞きました」

「……それを言ったの、小高さんですよね？」

棘《とげ》のある声に対し、出所を明らかにしないという約束をした手前、言葉に詰まる。ただ、沈黙は肯定と捉《とら》えられるのも知っていた。

「指月さんが不倫しているって最初に言い出したのは、小高さんなんです」ホースの水を止めた有川は、困ったような顔を向ける。

「根拠なんてないんですよ。小高さんが、指月様の浮かれた様子を見て勘違いしただけだと思います」

「では、指月さんは不倫をしていないということですか」

「それは……私には分かりません」

有川は頭《かぶり》を振った。その表情からは、指月に対する信頼が窺える。

「私は、指月様はそんなことをしていないと信じています。舞子様とは、本当に仲睦まじくて……」

「仲がよくても、不倫をするケースはいくらでもあります」

その言葉に、有川は押し黙ってしまう。

もう少し、押してみようと薫は思った。

「指月さんが不倫をしていた場合、自殺ではない可能性も考えなくてはならなくなります。なにか気づいたことがあるならば、教えていただかないと困ります」

驚愕《きょうがく》するように目を見開いた有川は、不安そうな顔になる。

「……私は、本当になにも知らないんです」

弱々しい声を発する。

薫は、小さくため息を吐いた。

指月の不倫相手を考えたとき、蔵元家の中で一番可能性があるのが有川だと思っていた。

そこそこ若くて、顔の造作が良く、地味だが明るい雰囲気を持っていた。華やかな舞子とは違う魅力がある。男というのは、手元にあるものとは別のものに惹かれる生き物だ。

有川の反応を見ると、指月と不倫をしていたようには思えない。ただ、演技をしている可能性も排除しきれなかった。

もう少し、有川を探ってみよう。そう思いつつ、礼を言って立ち去ろうとしたときだった。有川が呼び止めてくる。

「小高さんの言っていることとは関係がないと思いますけど、あるときから、屋敷中がピリピリしているような感じがしました」

薫は、有川のほうに向きなおった。なかなか興味深い話だ。

「あるときというのは、いつ頃からでしょうか」

有川は、指を一本折り、少し間を置いてからもう一本折る。

「二カ月くらい前だと思います」

「理由は分からないんですか」

考えを巡らせるように視線を宙に向けた有川は、やがて首を横に振った。

「使用人をしていれば、いろいろと耳に入ってきます。でも、皆目見当がつきませんでした。誰もが口を閉ざしていたんですが、たびたび、舞子様と庸一郎様が言い争っているようでした。文彦様に対しても、なにかと突っかかっていましたし」

「言い争っているなら、その内容が分かるはずじゃないですか」

そう指摘すると、有川は唾を飲み込むように喉を動かした。

「……それが、内容がまったく分からなかったんです。これは想像ですけど、絶対に外部に知られたくないことだったんじゃないでしょうか。私たち使用人は、ここで起きたことを口外するようなことはしませんけど……少なくとも、私は言いません……」

語尾が萎んでいく。人の口に戸は立てられない。目の前の有川の口は堅いかもしれないが、ほかの人間もそうとは限らない。

二カ月前に、蔵元家でなにが起こったのだろうか。蔵元家が絶対に表に出したくないこと。これは、蔵元家の沽券《こけん》に係わるものなのだろうか。

「舞子さんと庸一郎さんの言い争いのときに、気になった言葉などを覚えていたら教えてください」

その問いに、有川は即座に答える。

――そんなこと、信じない。

繰り返し、舞子はそう主張していたらしい。

不倫が露見し、それを舞子は信じなかったのだろうか。まったくの推量だったが、一応の筋は通る。

しかし、薫は違うような気がしてならなかった。なにか、もっと大きな秘密があるような予感がした。

有川と別れた薫は、屋敷の脇から伸びる小道を歩き、医院に向かった。駐車場はすべて埋まり、駐輪場に停められた自転車も多い。入り口から中を覗き込むと今日も、大盛況のようだった。ただ、伊藤と昨日飲んだときの話では、少し患者が減っているらしい。それが、指月の死によるものかは分からないが、指月がいない蔵元医院は味のないリンゴを齧っているようだと伊藤は評していた。よく分からない感性だなと思う。

仕事とは関係のないことだが、伊藤に会って、お礼を言いたかった。何度も断ったのだが、結局、会計はすべて伊藤が支払ってくれた。だから、今度はご馳走したいと言うつもりだった。

昨日の今日で、次の食事のことを話すのは、がっついているように思われるかもしれないという躊躇もあった。ただ、あまり時間を置いても誘いづらくなってしまう。どうしようかと迷っていると、ポケットに入れている携帯電話の着信音が鳴る。ディスプレイには、課長である西宮の名前が表示されていた。

通話ボタンを押す。可能なら一度、警察署に戻ってこいということだった。

赤川が車で迎えに来てくれたので、電話から四十分ほどで警察署に戻ることができた。

待ち構えていた西宮に引き連れられて向かった先は、署長室だった。

部屋に入った途端に不穏な空気を察し、早くも逃げ出したくなった。

「調査のほうは、どうなんだ？」

厳《いか》めしい表情で、署著の亀島が訊ねてくる。目元が痙攣しており、相当のストレスを感じているらしい。なにかあったのだろうか。

「自殺だということは確定したのか？」

「まだ、調査中です」

「まったく、なにをやっているんだ！」

風船が突然破裂したかのようだった。亀島は目を怒らせる。

「お前の任務は、蔵元家の機嫌を損ねないように自殺だということを断定できる証拠を提示することなんだよ！」

一方的な言い方に、薫は反感を覚える。

「ですが、他殺の可能性も……」

「他殺なんてあるはずないだろう！」声量が増す。

「この件は、ほかのとはわけが違うんだ！　可及的速やかに処理しろ！　お前を遊ばせている余裕はないんだよ！」

亀島は、ぎろりと西宮を睨む。その意味をすぐに察したらしい西宮は、すかさず頭を下げた。

「私からも、十分に言い聞かせておきます」

憤慨した様子の亀島は、思い切り鼻から息を出した。

「そうしてくれ。君の管理責任を問われるような事態になる前にな」

「分かりました」

再度首を垂れた西宮は、薫を伴って署長室を出る。

なにがなんだか分からないまま、薫は廊下を歩く。

「あの剣幕……なにかあったんですか」

薫が訊ねると、先を行く西宮は、僅かに肩をすくめた。

「庸一郎先生から、署長宛てにさっき電話があったんだよ」

「電話？」

「そうだ。指月先生の死の真相を早く摑んでくれと言われたらしい。それで、署長が慌てるんだよ。蔵元家にそっぽを向かれたら、重々分かっていると思うが、協力してくれる検案医の確保が難しくなる」

階下に降りるための階段に足をかけた薫は、眉間に皺を寄せた。苛立ちが胸のあたりに広がる。自分を飛び越して署長に直談判するというのが気に食わなかった。まるで、自分が無能の烙印を押されたようで不愉快だ。

「私なりに、しっかりと調査をしています」

「だが、結果を出していない。刑事は、結果がすべてだ」痛い指摘だったが、批判するような口調ではなかった。

西宮が続ける。

「ただ、今回の件で、庸一郎先生が指月先生の死に疑問を抱いていることが分かった。自殺だと思っているのなら、わざわざ署長宛てに真相を暴いてくれなんて依頼の電話は寄越さないはずだ」

たしかに、そのとおりだと思う。庸一郎自身も、指月の死に疑問を抱いているのは意外だった。

「蔵元家に関する情報収集を赤川がしている最中だ。あいつ、過去を掘り返すのが好きだからな」

情報を入手し、資料にまとめる能力は刑事課の中でも赤川は図抜けている。刑事としては半人前だが、調査能力には舌を巻く。ただ、特別な能力があるわけではなく、過度な覗き見根性によるものだと言われていた。

「過去に、蔵元家の長男が自殺しているのは知っているな。もしかしたら、関係があるかもしれない」

刑事部屋に入った西宮は、机に座っている赤川に向かっていく。しかし、その動線はすぐに遮られた。

目の前に立ちはだかったのは、二課の課長である東城《とうじょう》だった。

西宮と階級は同じだったが、二つ年上の四十二歳で、上下関係で言えば、東城が上だ。偶然、名前に東西の文字があることから、陰では〝東の知将〟と〝西の猛将〟と呼ばれている。常に計算高い東城と、重大事件が発生したときの西宮の上下関係を気にしない強引さを評してのことだった。

「すまないが、少し話を聞きたい」

抑揚のない声を出す。知能犯を扱い、淡々と狩りをする二課に似合った声色だといつも思う。

「……なんでしょうか」

「蔵元家のことだ」

東城の視線が、薫に向く。上空から獲物を狙う鷹《たか》のような目。その目で見つめられると、自分が死から逃れようと砂漠を駆けまわる小動物のように思えてくる。

「蔵元家……指月先生の死についてですか」

西宮が問うと、東城は首を横に振った。

「立川市長選のことだ」

その回答が意外だったのか、西宮は薫のほうを向いた。

「だそうだ。どうする？」

　薫自身、虚を衝かれたものの、すぐに思い当たる。庸一郎が立川市長選挙に関係しているのは、前に舞子から聞いていた。

「別に、構いません」

「立ち話もなんだから、こっちに来てくれ」

　そう言った東城は、間仕切りで区切られただけの空間に薫を案内する。一度東城が離れ、資料を持って再び現れた。

　テーブルの上に、手に持っていた資料を広げる。見たところ、市長選の資料のようだ。

「早速本題に入らせてもらう。今回の市長選で、立候補者は三人」

　説明をし始めた東城は、Ａ４サイズの紙をこちらに寄越した。証明写真のような写真が三つ印刷されていた。

「もっとも当選に近いと言われているのが、田島玄貴《たじまげんき》」

　一番上の写真を指さす。眉毛が濃く、顔が四角い。時代劇の俳優と言われても違和感はない。

「田島は、二年前の市長選で、前市長との一騎打ちに負けた男だ。得票数は僅差だった。今回は絶対に市長になると燃えているが、同時に、我々が一番警戒している人物でもある。前の選挙でも、賄賂を渡しているんじゃないかという噂があったんだ。結局、検挙できなかったがな」

わずかに顔を歪めた。

そこまで説明を聞いた薫は、市長選に合わせて組織された選挙違反取締本部の責任者を東城がしていることを思い出した。

そして、賄賂という単語を聞いた薫は、いい機会だと思って口を開く。

「あの、例えばですが、大日本医師会会長選挙で、候補者が賄賂を渡した場合はどうなりますか」

東城は、一瞬だけ戸惑うように口を閉ざし、それから目を細める。その表情から、蔑《さげす》まれているような気がした。

「……倫理面で考えればいいとは言えないが、医師会の選挙は公職ではないから我々の範囲外だし、公職選挙法違反に問える案件ではない。勉強が足りないのなら、公職選挙法についての参考書を貸そう」

懇々《こんこん》とした調子で言ってから、本題に戻っていく。

「田島の対抗馬と目されているのが、戸熊浩二だ。田島よりも一回り若い四十歳。二番手と言っても、結構な差をつけられている。今回の立川市長選挙は、蓋を開ける前から田島で決まりだと言われていたんだ」

過去形であるかのような口調に、引っ掛かりを覚える。それは、西宮も同様のようだった。

「その一強状態が、なんらかの理由で崩れたということですか」

「そのとおりだ。その理由が、三人目の白石昇《しらいしのぼる》という男だ」

一番下の写真を指さす。先ほどの二人に比べて、ずいぶんと若かった。

「この白石というのは医師免許を持った男で、今は医療コンサルタントとして働いている。白石は今回の市長選に立候補したんだが、政治的な後ろ盾のない男だったので、まさかここまで善戦するとは予想していなかったし、少々不可解だった」東城は眉間の皺を深める。

「たしかに白石は好青年風で、他の候補者よりも爽やかな印象だが、ぽっと出の奴が市長選で選ばれるようなシンデレラストーリーは存在しない」

東城の口から、シンデレラという言葉が出たので、思わず笑ってしまった。

「……なんだ？」

鋭い視線を向けられた薫は、即座に笑みを引っ込めた。

西宮は咳払いをする。

「白石が善戦することに、問題があるんですか」

「健闘しているといっても、一番手に大きく引き離された三番手だ。それ自体に問題はない。昨日まではな」

一度口を閉じた東城は、憎らしそうに白石の写真を睨みつける。

「昨日の遅くに、なんの前触れもなく市長選を降りるという発表をしたんだ。しかも、そのあとすぐに、候補者の戸熊を応援すると表明した」

重大事件のように東城は言うが、薫はいまいちその重要性が分からなかった。そんなことが起きていたのも知らなかったし、市長選には、まったく興味が湧かなかった。正直、誰がなってもいいと考えていた。

「……つまり、どういうことでしょうか」

言葉の真意を測りかねたのか、西宮が訊ねた。

腕を組んだ東城は、ゆっくりと息を吐ききり、視線を上げる。

「市長選挙を降りる理由は、票獲得に難航しているからだということだった。もっともらしい話だが、それでも、この時期に降りるのも妙だし、今までの活動が無駄になる。獲得票はそのまま箔にもなるし、白石の立ち位置ならば、たとえ選挙に落ちると分かっていても、善戦はしているから続けるのが普通だ」

東城は平坦《へいたん》な口調で説明する。それを聞いても、なにを言いたいのか薫には分からなかった。

「……もしかして、白石が降りたことで形勢逆転したということですか」

西宮の言葉に、東城は頷く。

「そのとおりだ。白石が戸熊を応援したことにより、独走状態だと思われていた田島陣営が脅かされる事態になりそうなんだ。まぁ、棄権した白石が持っている票のすべてが戸熊に入るとは思えないが、それでも応援していた有権者の多くの票が流れることが想定される」

「白石の動きが、妙ですね」

「ああ。だから、昨日の発表があってから総出で、白石のことについて調べたんだ。そしたら、白石は蔵元庸一郎が面倒を見ていた愛弟子《まなでし》の息子だった。その上、戸熊は蔵元家の応援を受けているという噂があったんだ」

主旨が理解できなかった薫だったが、ようやく分かった。

「つまり、白石はもともと途中で降りるつもりで選挙に出馬し、時機を見て敗北宣言をして、戸熊の応援をすることにしていたということですか」

「二課でも、その解釈をしている」東城は頷く。

「正直、そんな回りくどい方法を採るとは思わなかったんだが、蔵元世之介の息子だからな。世之介のことについて直接は知らないが、選挙対策の準備のために、残っている記録には目を通した」

蔵元世之介。

政界には進出しなかったものの、蔵元家の持つ力と人脈で議員を多く輩出した人物であり、その系譜は血とともに庸一郎が引き継いでいる。

西宮は、低い唸り声を上げた。

「ですが、庸一郎が戸熊を当選させるために白石を使うという絵図を描いたとしても、それは公職選挙法違反にならないでしょう」

その指摘に、東城は苦虫を嚙み潰したような顔になる。

「たしかに、現時点ではな。だが、またなにかを仕掛けてくる可能性もある。世之介は、かなり聡明な策士だったらしいからな。息子である庸一郎がどんな動きをするか注視していく必要がある。それが、選挙違反取締本部に身を置く者としての責務だ」

少しだけ声に力が入ったような気がした。東城は生真面目な性格で、常に冷静沈着。そんな人間の熱をわずかでも感じ取れて、薫は少しだけ嬉しくなった。

「そういえば、蔵元家に戸熊さんが頻繁に出入りしているという話を聞きました」

薫が言うと、東城は目を見張ると同時に、自分の推測を確信へと変えるように頷いた。

「……やはりそうか。妙な動きをしていたら、こちらに報告してもらえると助かる」

そう言ったあとに、西宮を見た。その目は、この依頼は問題ないかと打診しているようだった。

「俺は、別に構いません」西宮は続ける。

「ただし、本来の目的を忘れるなよ」

釘を刺された薫は、私自身の意見は聞かないのかと思いつつも頷く。選挙に関する庸一郎の動向を能動的に探るつもりはなかったが、耳にしたことは報告しようと思った。

「助かる。じゃあ、頼むぞ」

東城はそう言うと、テーブルに広げた資料をまとめて立ち去った。

取り残された西宮と薫も立ち上がり、不安そうにこちらを見ている赤川の元に向かった。

「なにか、あったんですか」

「いや、なんでもない。それよりも、蔵元家の情報だ」

質問を一蹴した西宮が問う。赤川は口を尖《とが》らせたが、不満は口にせず、手に持っている資料を顔の辺りまで上げた。

「事件に関係があるかは分かりませんが、いい感じになりましたよ」

「聞こう」

三人は、刑事部屋を出て斜向《はすむ》かいにある会議室で話すことにした。

部屋は、空調をつけていなかったために熱がこもっていた。蒸し風呂のようだ。赤川は顔をしかめながら空調機のボタンを操作する。部屋の中央には、八人掛けの会議テーブル。壁の二面にハイキャビネットが巡らされているので、手狭な印象だった。

「ここに保管されている蔵元家に関する資料に目を通していたんです」赤川は胸ポケットから小さな手帳を取り出して、開く。

「それで、三年前に蔵元真一が自殺したときに、穏やかじゃない話があったそうなんですよ。あ、蔵元真一は、蔵元文彦の長男です」

　要領を得ていない西宮に対し、赤川が補足を加える。

「……まさか、他殺の疑いがあったとか？」

　今回の指月の死に重ね合わせた薫の言葉に、赤川は首を横に振った。

「状況から見て、自殺で間違いないそうです。ただ、同じ頃に発生していた、連続少女暴行事件の犯人が、真一ではないかという噂があったそうなんです」

　連続少女暴行事件。

　たしかに穏やかな話じゃなさそうだ。ただ、三年前というと、ここにいるメンバーは誰も立川警察署にいなかったはずだ。当時、管内でそんな事件があったとは知らなかった。

「事件があったときは、我々三人は別の警察署で勤務していたので、概要を説明します」

　用意周到だなと思いつつ、手渡されたＡ４サイズの資料を眺める。赤川自身が簡単に事件の内容をまとめたものだった。

「三年前、十五歳から十七歳の少女が暴行されるという事件が発生しました。被害者は、立川市内に住む五人。いずれも夜中に出歩いているところを襲われています。襲われる直前、コンビニエンスストアに行ったり、友達と遊んだ帰りという記録が残っていました。被害者の話では、顔を隠すようにマスクとツバ付きの帽子を目深にかぶっていたということです。そのため、人相までは見えなかったようです。目撃証言もなく、防犯カメラの映像に映っているケースもありましたが、犯人の特定はできませんでした。あらかじめ襲う場所を決め、人に見つからないように注意していたと考えられます。少女たちは性的暴行を加えられましたが、命に別状はありませんでした」

「……暴行ということは、体液などは残っていなかったのか」

「残っていたのですが、ＤＮＡのデータベースには登録されていないものだったので、前科者ではないだろうということでした。結局、犯人の特定には至りませんでした」

西宮は憤慨したような顔をして、腕を組んだ。たしか、西宮には同じ年代の娘が二人いたはずだ。

「迷宮入りか」

西宮の悔しそうな声に同意した赤川は、ただ、と続ける。

「当初、犯人は無作為に被害者を選んでいると考えられていました。五人の被害者のうち、二人は同じ高校に通っており、三人はそれぞれ別の高校でした。互いに友人関係でもありませんでした。被害者の五人に関係性はないと思われていましたが、捜査員の一人が、意外な共通点を発見しています」

一拍置いた赤川は、もったいぶったような口調で言った。

「五人は全員、蔵元医院に通院したことがあるんです」

それを聞いた西宮は、小馬鹿にするように鼻を鳴らす。

「被害者は立川市内に住んでいるんだろう？　同じ病院に通院していても不思議じゃない。それを言ったら、同じコンビニエンスストアを利用していたかもしれないし、同じ道を通っているかもしれない」

「そう言うと思っていました」赤川は不敵な笑みを浮かべる。

「三年前、蔵元医院には、院長の庸一郎、副院長の文彦、そして真一の三人の医師がいました。蔵元医院は、患者ごとに担当医が決まっていて、よほどのことがない限り、患者には担当医がつき、診察はその担当医以外はしないことになっています。そして、連続少女暴行事件の被害者五人は全員、真一が担当医だったんです」

それを聞いた西宮は低く唸った後、押し黙ってしまった。偶然と片づけるべきか否か、判断に迷っている様子だった。

「それでも、証拠を摑めなかったってわけね」

薫が言う。三年前の事件が未解決事件ということは、真一が犯人だと断定できなかったということだろう。

「そのようです」赤川は、手元の資料から目を離す。

「事件の捜査に関わっていた人に話を聞こうとしたんです。でも、無理でした。連続少女暴行事件と蔵元家のことを結び付けて捜査していた刑事は、いきなり不自然な人事で飛ばされて、結局警察を辞めたそうです」

「え……」

驚きのあまり、薫は声を漏らした。

赤川は、眉間に皺を寄せる。

「蔵元家という障壁は、想像以上に高かったようです。ほかにも、別の捜査員が真一の行動を監視しようと調整していたのですが、許可が下りる手前で突然翻ったそうなんです。なんでも、庸一郎の圧力がかかったんじゃないかって噂があったようなんですけど、真偽のほどは分かりません。ただ、確実なことは、蔵元家の捜査にストップがかかった後に真一が自殺し、それ以降、同一犯と思われる少女暴行事件は発生していないということです」

赤川が口を閉じると、部屋が静まり返る。

真一が死んで、連続少女暴行事件が止まった。絶対ではないが、真一犯人説に符合しているように感じる。ただ、真一の死と、指月の死に関連性があるとは思えなかった。

「真一の件は分かったし、蔵元家が警察の捜査に口出しできる立場にあることも分かった。ただ、それが今回の件とどう関係がある」

西宮が、同じ疑問を口にした。赤川は気取ったように肩をすくめた。

「直接の関係はありません。ただ、注目すべきところはあります。やろうと思えば、蔵元家は捜査の邪魔をする力を持っています。今回の蔵元指月の死ですが、奥さんである蔵元舞子の要請とはいえ、都合が悪ければ庸一郎が動いて阻止するはずです。その庸一郎が羽木さんを蔵元家に出入りさせているということは、指月の死が、ただの自殺だと思って気楽に構えているのか、それとも、羽木さんを使うことで、真相を知りたいと考えているのかもしれません」

赤川の言葉に、薫は目を見開いた。

前者はないだろう。もし、ただの自殺だと考えているのなら、薫の存在は目障りなだけであり、調査の中止の方向に動くはずだ。つまり、後者である可能性が高い。

庸一郎は指月の死を不審に思っている。

なにか、疑わしい点があるのだろうか。

空の天辺《てっぺん》にあった太陽が傾き始め、申し訳程度に暑さが和らぎ始めた頃。

薫は、蔵元家に戻ることにした。署内にいると、署長に遭遇して嫌みを言われる恐れがあったし、薫自身、指月の死に隠されているかもしれない事柄に興味を覚え始めていた。

「やっぱり、ここで捜査できるなんて探偵みたいでいいなぁ」

よく分からない赤川の羨望の言葉に反応せず、薫は車を降りる。いつもどおり、インターホンを押す。

出たのは、有川だった。

「羽木です。調査の続きに参りました」

〈あ……はい。分かりました〉

有川の声が、いつもと違った。なにか、あったのだろうか。

電動式の門扉が開き、敷地内に入った。

屋敷に至るまでの道を歩く。蔵元家。代々医者の家系で、政財界にも影響力を持つ。今回の立川市長選挙で暗躍しているという噂があり、警察の捜査に口出しもできる。巨大で金のかかった屋敷という印象しかなかったが、ここに住む住人のことを勘案すると、途端に恐ろしい魔窟《まくつ》に見えてくる。

不意に、指月の顔が頭に浮かんだ。

養子として引き取られ、舞子と結婚した指月。ここで、どんな生活を営んでいたのか。今となっては直接聞くことはできないが、もしこの世に思い残していることがあるのならば、明らかにしてやりたいと思った。

屋敷に入る。出迎えてくれた使用人の有川の様子が妙だった。なんとなく、怯えているように見える。

薫はなにかあったのかと訊ねようと口を開くが、それは大きな声で遮られた。

「だから、どういうことですか！」

声の方向に視線を向けると、西東京都医師会会長である鳥居と、秘書の江田の姿があった。鳥居は鬼のような形相《ぎょうそう》をしており、江田の顔は青ざめて狼狽している。

二人は、先をゆく庸一郎にしがみつかんばかりに並んで歩いていた。

「おかしいじゃないですか！　どうなってるんです！」

ほとんど叫び声に近い声量だった。しかし、庸一郎は顔色も変えず、いつもどおり石膏像のような固い表情だった。

「知りません」

「知らないじゃないですよ！」鳥居が吠《ほ》える。

「私が賄賂を渡そうとして断られたってことが、全国の医師会で噂になっているんです！」

「それは真実だと思うが」

庸一郎は淡々と言う。

鳥居は大袈裟に首を横に振る。

「真実って……どうしてそんな話になるんですか！　金を持ってこいと言ったのは、庸一郎先生でしょう！」

庸一郎は、素知らぬ顔をする。

「私がそう言ったこと……それも、噂になっているのか？」

「なっていないのが問題なんです！」

顔を赤くした鳥居は唾を飛ばした。

「金の件は、ここにいる人間しか知らないんです！　誰かが漏らしたとしか思え……」

勢い込んで言った鳥居だったが、語尾が萎む。その顔には、怯えが見て取れた。

立ち止まった庸一郎が、鳥居を凝視している。その瞳は、薫が立っている位置からでも見ることができた。冷たい光を帯びた目。冷気を感じ、寒気がしてきた。

鳥居は、石になってしまったかのように動かない、まさに、蛇に睨まれた蛙《かえる》の様相だった。

「つまり君は、私が口外したと言いたいんだね？」

そう問われた鳥居は、だぶついた顎の肉を震わせた。

「そ、それは違う……いや、そうですよ！」

怖気《おじけ》づいたような表情が消え、怒りに塗り替えられる。恐怖より、怒りが勝ったらしい。

「私が言いふらすメリットも、秘書が喋るメリットもありません！　つまり、あんたが言いふらしたんだ！」

「あんたとは、誰のことかな」

なんの感情も読み取れない静かな声。それが却《かえ》って恐ろしかった。

たじろいだ鳥居に、庸一郎は続ける。

「こんな難癖をつけて、あとでどうなるか分かっているんだろうね」

その声には、威圧しているような調子は含まれていなかったが、脅しだというのは明白だった。

玄関まで辿り着く。

「ご意見は承った。この後、じっくりと検討させてもらおう」

庸一郎は頭を下げる。

なおも抵抗を見せようとするものの、鳥居と江田は一言も発することなく、使用人に連れられて屋敷から姿を消した。

ロビーが静かになる。踵を返した庸一郎は、薫を見た。

「見苦しいところを見せてしまった」

「いえ……」

薫は首を振る。内心では、面白い場面を垣間見ることができたという思いだったが、それはおくびにも出さなかった。会話の流れから、先日盗み聞きした件だろうという推測ができた。庸一郎が依頼し、鳥居は五百万円を用意した。それにもかかわらず、庸一郎は五百万円を拒否。その理由が、今になって分かった。

庸一郎は、鳥居を応援するのではなく、蹴落としたかったのだ。そのために、わざわざ五百万という金を持って来させて、受け取りを拒否して、賄賂を持ってきたという噂を流したのだ。

ただ、どうしてそんな面倒なことをしたのだろうか。

「なんだ。要領を得ないという顔だな」

庸一郎が訊ねてくる。

薫は迷ったものの、胸の内に湧いた疑問を告げることにした。

「わざわざ、さっきの鳥居さんに五百万円を持ってこさせなくても、ただ噂を流せばいいじゃないですか」

一瞬、庸一郎の口元に笑みが浮かんだ気がした。

「……私が噂を流したと仮定して」そう前置きしてから続ける。

「全部が嘘だと、不思議と噂というものの力は弱くなる。だから、真実を混ぜ込む必要があるんだ」

「……そういうものですか」

「そういうものだ」

庸一郎は薫から視線を外したが、再び目を合わせた。

「そうだ。夕食でも食べていきなさい」

言いながら、腕時計を見る仕草をする。薫も倣《なら》う。十九時。

署長に連絡したことについての文句を押し込め、誘いに乗ることにした。

夕食までの時間は、拠点である客間にいることにした。

鍵を取り出し、中に入る。変化はない。椅子の位置も変わらないし、二日酔いでベッドに横になったときのシーツの皺も、そのままだった。

窓の外を見ると、先ほどまで茜色《あかねいろ》だった空が紫色に変化していた。

椅子に座り、息を吐く。

庸一郎が夕食に誘ってきたのは、なにかしらの意図があるからだろう。なにを考えているのか分からなかったが、用心するに越したことはない。

夕食に呼ばれるまでの間、ここでゆっくり過ごそうとも考えたが、医院のほうを見てこようと思った。

立ち上がり、外に出る。日が陰ったとはいえ、風がなく、熱せられた空気が滞留していて蒸し暑かった。

屋敷から医院に続く小道を歩く。駐車場には車が一台も停まっておらず、駐輪場にも自転車はない。

正面入り口にある診療時間を見ると、今日は午前中のみの診察だったようだ。それもそうかと思う。屋敷のほうに庸一郎がいたのだから、気づくべきだった。明かりの点いていない医院を見て、落胆する。つまり、ここには伊藤もいないということか。

肩を落とした薫は、来た道を戻った。

木々から降り注ぐ蝉《せみ》の鳴き声が、ここではことさらに大きく聞こえた。人々の喧噪《けんそう》も、車の排気音も、この場所からは遠い所の出来事だった。なんとなく、ここで一人取り残されているような、そんな疎外感と孤独感が胸をざわつかせた。感傷というものは、不意に襲ってくるものだ。離婚を経験してからは、こういった突発的な痛みに耐えなければならない瞬間が多々訪れた。

こうなったときの対処法は、一つしかない。仕事に集中することだ。屋敷に戻ろうと足早に歩く。

途中、庭に視線を向けると、人影があることに気づく。後ろ姿だったが、すぐに真紗子だと分かった。

文彦の妻で、指月の母親。

ロングのプリーツスカートに、長袖のTシャツを着て、ツバの大きいストローハットを被っている。

表情の見えない真紗子は、芙蓉が咲いている場所に立っていた。

その方向に足を向けた。

「真紗子さん」

背後から声をかけると、真紗子は身体を震わせて勢いよく振り返った。その際、バランスを崩して転びそうになったので、薫が両手で支える。

「す、すみません」

真紗子はそう言い、帽子を被り直してから一歩後ろに下がった。

警戒しているのは明らかだった。

薫は何食わぬ顔をしつつ、視線を左に向ける。

「芙蓉、指月さんが好きな花だったんですよね」

その言葉に真紗子は目を大きく見開いたが、声は出さなかった。

「この花、指月さんが庭に植えたいって言ったんですよね」

使用人である有川から聞いたことを口にするが、真紗子からの反応はなかった。

「男性なのに、珍しいですよね」

「そうでしょうか」不意に、真紗子が声を発する。

「花が好きな男性も多いですよ」

指摘された薫は、日頃から接点のある男の顔を思い浮かべる。少なくとも、周囲に花が好きな人物がいるとは思えなかった。

「そういえば、真紗子さんは華道かなにかを習っていらっしゃるんでしたっけ」

前に、花と詩吟の稽古をしているという話を舞子から聞いていたのを思い出す。

間を置いて真紗子が頷いた。

「今は、休んでいますけど」

薫は、真紗子の横顔を盗み見る。帽子のツバで半分ほど隠れているので、感情を読み取れなかった。

真紗子については、謎が多い。蔵元家での影が薄いだけではなく、ほとんど発言をしなかった。なんとなく、抑圧されているようにも見える。

周囲に、邪魔な人間はいない。この機会を逃してはならないと思った。

「真紗子さんは、指月さんの死は自殺だと思いますか」

沈黙。

熱気を帯びた風が身体の隙間を抜けていく。清涼感のまったくない、湿っぽい風だった。

「……自殺だと、警察の方が仰っていましたから」

風の音に掻き消されるくらいの声量だった。唇が微かに震えているのが見て取れた。

「最初は自殺と判断しました。ですが、今は他殺の可能性もあると考えています」

相変わらず、顔が見えない。ただ、肩が縮こまったのは分かった。

真紗子が指月を殺した可能性を考える。血が繋がっていないとはいえ、息子であり、舞子の夫だ。殺すほどの怨恨を抱いていたのか、それとも、なにか理由があって、殺さざるを得なかったのか。

容姿を観察する。五十三歳の真紗子は、運動をしているのか引き締まった身体をしている。顔も若々しく、金をかけてエステに通っているのか、肌の色つやもいい。まさか、指月の不倫相手が真紗子ということはないだろうか。

頭を過った考えを否定する。二十歳以上も離れているのだ。あり得ない。そう思いつつも、絶対にないとは言い切れない。

薫は額から流れてきた汗を手で拭う。

「もし、他殺だとして……」

「指月は、自ら命を絶ったんです」

今まで聞いたことのない強い口調で言った真紗子は、急に歩き出して立ち去ってしまう。突然のことだったので、薫はその場に取り残されてしまった。

真紗子の最後の発言。確信があるというよりも、指月が自殺だと思い込みたいように聞こえた。

確証はないが、なにかを知っているように感じた。

客間に戻ってからしばらくして、夕食ができたと有川が伝えにきた。ダイニングに行くと、すでに蔵元家の面々が揃っていた。

一番奥に庸一郎が座っており、こちらを見ている。座る位置が決まっているらしく、前と同じ配置だった。文彦と真紗子は無表情に近く、佑二の顔は険しい。舞子は、薄っすらと笑みを浮かべているようにも見えた。

今回、薫が座るのは、一番末席のようだった。そこは、庸一郎に相対する場所だ。末席なのは問題ないが、庸一郎の真向かいなのは息が詰まる。ただ、だからといって拒否できるものでもないので、仕方なく着席した。

使用人たちが、料理を運んでくる。次々と皿が並べられ、テーブルが満たされた。今日は和食だった。天ぷらに、酢の物、お造り、焼き物、ご飯。どこかの旅館で出される夕食のようだった。

庸一郎が食べ始める。それを合図に、皆の食事が始まった。

食事中に会話をするような雰囲気ではない。

皆、黙々と食べ続けている。前回は、当主である庸一郎が話し始めるまで無言だった。今回も、そうなのだろうかと思っていると、近くに座る舞子が押し殺したような笑い声を上げた。

「先ほどいらっしゃっていた鳥居先生、かなり取り乱していましたね」

その言葉は、誰かに投げかけたというよりも、心に思っていることがそのまま外に出たようなニュアンスだった。

蔵元家の不文律として、食事中、最初に話す権限を有するのは庸一郎だと思っていたが、どうやら違うようだ。

「そうですね。庸一郎さんは、最初からあの対応をする計画だったんですか」

薫はここぞとばかりに質問する。少し突っ込みすぎたかという懸念もあったが、この機会を逃したくなかった。

刺身を口に入れた庸一郎は、ゆっくりと嚙んでから飲み込む。

それからようやく、薫のほうを見た。

「私は別に、あの男に恨みはない。だが、利用できると思ったから声をかけて会った。そして、申し分のない働きをしてくれた」

冷めた声。まるで、他人の行為を伝聞しているだけといった調子だった。

ますます興味深いなと薫は思う。

「恨みがないのなら、大阪府医師会の人を当選させたかったんですか」

「どうして、そんなことまで知っているのかは分からないが……」

庸一郎は疑いの視線を向けてくる。薫は、盗み聞きをしたことを覚られぬように平静を装った。

「私は、大阪府医師会の糀谷にも義理はない」

「それなら、どうしてですか」

薫の質問に、庸一郎は躊躇《ためら》うような空白を束の間作ってから口を開いた。

「市長選だ」

意外な言葉だった。

「市長選って、立川市長選挙ですか」

薫が訊ねるが、どうやらこれ以上のことを話すつもりはないらしい。食事を再開してしまった庸一郎を見ながら、やはり一筋縄ではいかないなと思った。

鯛《たい》の皮をポン酢で味付けした料理を食べる。少し、酸味が強い気がしたが、美味しかった。

目の前に置かれた料理を楽しみつつ、この夕食に呼ばれた意味を考える。庸一郎の善意から呼ばれたなんて能天気に思っているわけではない。

目的はなんだ。

「調査の進展はどうですか。順調ですか」

不意に、隣に座っている舞子が訊ねてくる。部屋の空気が張りつめたのを意識しつつ、薫は状況を話そうとしたが、それを遮ったのは庸一郎だった。

「この中に指月を殺した犯人がいると聞いた。そして、その目星がついているようだな」

「え？」

薫は目を瞬かせた。そんなことを言った覚えはない。

庸一郎は全員をゆっくりとした動きで見回し、ぽかんとしている薫をよそに続ける。

「あとは証拠を集めるだけだということだ。その意味は、分かっているだろう」

語りかけるような口調。皆、畏縮しているように見える。

庸一郎が突飛なことを言い出したのは、揺さぶりをかけるためだろうと薫は気づく。もし、この中に犯人がいるとしたら、庸一郎の発言に一定の効果はありそうだった。

鎌をかけているのだろうと納得した薫だったが、次の言葉でその期待は見事に裏切られた。

「蔵元家の当主として命令する。世間に恥をさらしたくなければ、絶対に、誰にも見られずに私のところに来なさい。警察に捕まりたいのなら構わない。ただ、私に言えば、全力で守ってやる。私には、蔵元家を守る義務があるからな」

全身が粟立《あわだ》つ。

いったい、なにを言い出すのか。

「そ、そんなことを……」

慌てて声を上げるが、庸一郎に一睨みされ、語尾が萎んでしまった。

謀《はか》られた。

警察の捜査の手が迫っているという状況を作り、庸一郎が守ってやるという逃げ道を提示する。指月を殺した犯人がいた場合、選択の余地はないだろう。

薫の存在は、庸一郎の思惑を現実のものにするための装置であり、炙《あぶ》り出すための役を演じさせられていた。

それに気づかされたときには、もう遅かった。

＊

努力の甲斐があって、蔵元家の医師として成功した。患者からの信頼も厚く、看護師からも認められているようだった。事務長である佑二からは相変わらず嫌われていたものの、なんとか上手くいかないか模索中だった。

蔵元家や使用人、蔵元医院の従業員から信頼されているという実感があった。

蔵元家にいる以上、自由気ままに振る舞えるわけではないが、これ以上ない程、幸せな状態だ。ただその状態に多少の居心地の悪さを覚えるのは、やはり育ちが悪いからなのだろうか。

順調といえた。一方で、日常生活を送る際の息苦しさも増していった。

「ため息が多いですね。溺れてしまうんじゃないですか」

あるとき、看護師の伊藤から言われた言葉。

目の覚める思いだった。

まさに自分の状態を的確に言い当てたものだった。

ため息に溺れる。

まさに、そのとおりだ。他人がどう思うかは分からないが、自分の人生を、それほど不幸とは思っていなかった。

実の両親から虐待され、引き取り手もなく、養護施設で育った。

それだけ聞けば、可哀相《かわいそう》と思う人は多いだろう。ただ、指月自身は悲観していなかった。

これまでの自分の人生は、ため息をこぼす程度の不幸だと思っていた。

蔵元家に来て、おおむね満足した生活を送っている。

ただ一点、ため息の種が残っていた。

決して言えない、隠しごと。

それを抱え込んでいる状態が苦しかった。

もし、このことが露見してしまったら——。

蔵元医院の跡取りとしての期待。妻である舞子からの好意。それらを裏切ってしまうことに繋がる。

恐怖で、夜に目覚めることもあった。

知られてしまったら、もうここにいることはできない。

「気疲れですよ。呑みにでも行きましょう」

伊藤は満面の笑みを浮かべる。

指月はアルコールに弱かったが、伊藤の誘いに乗ることにした。

酒豪の伊藤は、酒が入ると普段にも増して饒舌《じょうぜつ》になった。伊藤の話は面白い。ただ、それだけではなく、聞き上手でもあった。そのため、ついつい思っていることを口にしてしまうようになっていった。

それがいけなかったのだ。

勢いに乗じて、胸の内に秘めていたものの一部を口走ってしまったのだ。

言った瞬間に後悔したが、伊藤は気づいていないようだった。しかし後日、伊藤から呼ばれ、隠しごとについて言及された。

すべてが終わったと思った。

しかし、伊藤は誰にも口外しないと約束した上で、隠しごとについて理解してくれた。まさか、受け入れられるとは思っていなかったので驚いた。

それから、伊藤との付き合いが始まった。

伊藤は、蔵元家に真実を言うべきではないという意見で、指月も同意見だった。すべてを曝《さら》け出《だ》して、受け入れられたいという思いもあったが、それは甘い考えだという自覚はあった。

今にして思えば、自分が楽になりたかっただけなのだが、当時は、告白することが誠意であるように感じていた。

医者としての顔。蔵元家の一員という側面。そして、舞子の夫という役目。

そのすべてを演じるのは、それなりの労力を要した。

指月には、息抜きが必要だった。
だから、都内での研修や講演会の後は、息抜きすることがあった。
そうやって心の均衡を保っていたが、危険を伴う行為だった。
そして、そのことが、致命傷となった。
指月の秘密を暴いたのは、事務長である佑二だった。
証拠を押さえられ、蔵元家の人間に暴露されたのだ。
反応はさまざまだったが、舞子だけは、信じようとしなかった。
舞子は一貫して、なにかの間違いだと主張した。
このままでは、崩壊へと突き進んでしまう。
ため息の頻度が、どんどんと増していった。

第四章

1

薫が立川警察署に出勤すると、刑事二課の課長である東城に呼ばれた。昨日と同じ衝立に囲まれた空間にあるソファに座らされる。

「立川市長選挙の件、もう調査をしなくていいぞ」

唐突に告げられ、薫はぽかんとする。

「……どういうことですか」

「蔵元庸一郎は違法行為をせずに、最有力候補の田島玄貴の当選を見事に潰したからだ」

淡々とした口調で説明する。

「大日本医師会の会長選挙で、西東京都医師会の鳥居が蔵元庸一郎に賄賂を渡そうとしたっていう噂が流れたんだが、そのせいで、田島玄貴の組織票の一部が剝がれ落ちたようだ」

話を聞いていた薫は、釈然としない思いだった。

「……どうして、鳥居の賄賂の噂が田島に影響するんですか」

東城は腕組みをする。

「鳥居は田島と昵懇《じっこん》の仲で、今回の選挙戦の応援もしている。その鳥居に悪評が立ったせいで、飛び火を恐れた団体が身を引いたそうだ」

目の前に座っている東城は、少しだけ上体を反らし、声をひそめた。

「これはあくまで憶測だが、蔵元庸一郎が筋書きを書いたんじゃないかっていう話が実《まこと》しやかに囁《ささや》かれているんだ」

東城の言葉を聞いた薫は、ようやく納得した。

西東京都医師会の会長である鳥居に接触したのは、庸一郎のほうからだった。また、賄賂の件も、庸一郎からの話だという。それでいて、鳥居からの賄賂を受け取らず、噂を流すことで、鳥居が大日本医師会選挙で当選するという芽を摘んだ。ただ、庸一郎の目的は、鳥居を陥れることではなかった。

立川市長選挙で田島を引きずり下ろすことが、本当の目的だったのだ。

これが、蔵元庸一郎が描いた絵図。

ふと、前に舞子が言っていた言葉が脳裏を過る。

——蔵元庸一郎は、人を落選させる力を持っている。

今さらながら、身がすくむ思いがした。

「蔵元庸一郎の動きは癪《しゃく》だが、違法行為をしているわけじゃないからな。お前も、蔵元家には気をつけろよ」

無責任な警告を受けて、解放される。

一課のシマに戻った薫は、西宮の元へ行き、昨日の庸一郎の発言を報告する。案の定、不快感を露にした。

「……つまり、指月を殺した奴がいたとしたら、警察に察知される前に名乗り出ろ。そうすれば、蔵元家の力で揉み消してやる……蔵元庸一郎はそう言ったんだな」

「そうです」

「俺たち警察は、出汁《だし》に使われたってわけか」

認めたくなかったが、頷くしかなかった。

腕を組んだ西宮は目を閉じ、しばらくの間黙り込んでしまう。

「……まだ、指月を殺した犯人を見つけられていないんだよな」

念を押すように訊ねられる。

薫は、自分の力のなさを恥じた。

「報告したとおりのことしか、分かっていません」

羽音のような唸り声を上げた西宮は、やがて目を大きく開く。

「結果が出ていないことは仕方ない。このまま調査は続けてくれ。ただ、深入りはするな。

お前の判断で、自殺だったという結論に持ち込んでも構わないからな」

意外な発言だったので、薫は拍子抜けした。その反応の意味を察したのか、西宮は肩をすくめる。

「後ろ向きな発言とは思わないでくれ。もともと、警察は指月の死を自殺と断定している。その判断を指月の妻の意向によって保留にしていただけだ。指月の死には、なにか事情があるかもしれないが、お前が納得できれば、俺はその判断を署長に持って行って説得する」

西宮は、頼むぞ、と最後に添えた。

薫は一度頷いてから、蔵元家に行く準備を始めた。手帳や、赤川が作成した資料を確認し、バッグに入れる。

今置かれている状況は、蔵元家の圧力を受けた署長命令によるもので、刑事としての仕事の範疇《はんちゅう》ではない。本来の仕事から外れているということは、多少なりとも同僚に迷惑をかけていることになる。

早く決着させるに越したことはない。

ただ、庸一郎は警察を使ってまで、指月を殺した犯人を炙り出そうとしたのだ。なにかしらの根拠があると言っていいだろう。

なんとしてでも、真相を暴いてやる。

バッグを握りしめた薫は、刑事部屋を後にした。

蔵元家の屋敷までは、自転車で向かった。いつも赤川に頼むのは悪いと思っていたし、なにより、赤川は調査と称してどこかに外出していた。

乗っている自転車は、離婚した年に買ったロードバイクだった。気晴らしになにか趣味を見つけようと思って散財したうちの一つで、買い物に行くときくらいしか使っていなかった。しかも、この自転車にはカゴがついていないので、最近は買い物での活用頻度も落ちている。

バッグを肩にかけ、降り注ぐ日差しの下でペダルを漕《こ》ぐ。走っているときは、風が身体を吹き抜けるからいい。風といっても生暖かいものだったが、ないよりはましだ。問題は、走っていないときだった。赤信号で止まるたびに、暑さで軽い眩暈がした。

目的地に到着したころには、汗が滝のように流れていた。外出している赤川を恨めしく思いつつ、蔵元医院の駐輪場に停め、屋敷に足を踏み入れた。

空調が完璧に効いた空間に、思わず顔を緩める。ただ、出迎えてくれた有川に怪訝な表情をされたので、すぐに表情を引き締めた。

鍵をポケットから取り出して客間に入る。部屋は、昨日と同じ状態だった。

指月の死の真相を明らかにしてやると決心を固めたものの、どうすればいいのかまでは考えていなかった。シーツのよれたベッドに座って、汗で貼りついたワイシャツを抓みつつ、これからのことについて考える。

ここにいる人物の聞き込みは大方終わっている。今のところ、指月を殺害したと思えるような人物は浮上していない。

結局、まだ調査は一歩も前進していないのだ。

そのことに気づいてげんなりしていると、扉がノックされた。

激しい音に慌てた薫は立ち上がる。それと同時に扉が開いた。

現れたのは、佑二だった。

珍客。薫は、警戒心を強める。

無言で部屋に入ってきて、手に持っている封筒を投げてよこす。

「中を見ろ」

受け取った薫に対して、ぞんざいな言い方をした佑二の顔は、不機嫌そうに歪んでいた。

なにがなんだか分からなかったが、薫は言われたとおりにする。

封筒の中には、Ａ４の紙の束が入っていた。

「興信所に調べさせた資料だ。指月は、自殺で間違いない。早いとこ決着して、ここから消えてくれ。蔵元家の失態を晒すつもりはなかったが、もうどうでもいい。早く調査を終わりにしてくれ」

内容を確認する暇もなく、佑二は姿を消してしまう。

状況が呑み込めない薫は、再びベッドに腰を下ろし、手に持っている資料を見た。

佑二の言うとおり、たしかに興信所の調査報告書だった。どうやら、指月の素行調査のようだ。

最初に思い浮かんだのは、指月の不倫についてだったが、報告書に書かれている内容は、予想だにしないものだった。

報告書の表紙に書かれている日付は二カ月前のもので、調査期間は一ヵ月のようだった。

内容を読み込む。

指月は、ほとんどの時間を蔵元医院で過ごし、休診日などに舞子と一緒に車で出かけているようだった。特筆すべき点がないのか、毎日同じような報告内容が続く。

しかし、月末の一度だけ、一人で外出していた。東名大学付属病院で開催された講演会へ出席した指月は、講演終了後、すぐには家に帰らず、ＪＲ新宿駅に向かっている。その後の行動については、報告書に詳細に書かれていた。日付の横に、尾行した調査員三人の名前が記されていた。

新宿駅を出た指月は、少し大きめのバッグのみを持って新宿三丁目方面まで歩いていき、靖国《やすくに》通り側に建つ雑居ビルの三階にある店に入った。

店名は、〝ＢＡＲ　畢生《ひっせい》〟。

二人の調査員は、ビルの外で待機。一人が〝畢生〟の出入り口近くで監視しているようだった。ビル自体の出入りは、それほど多くない印象という所見が記載されている。

薫は、こんなことまで書く必要があるのかと思ったが、しっかりと調査をしているという印象を依頼者に与えるには有効かと考え直す。

二十時頃に一人の女性がビルから出てくる。

女性の写真が報告書に添えられ、その写真の横に、指月の名前が記載されていた。

「え……」

声が漏れる。

写真に写っている女性が、指月ということだろうか。

綺麗な女性だった。リボンハットで眉毛の辺りまで顔が隠れていたが、画像は鮮明である。どう見ても、指月とは思えない。

――いや。

指月の容姿を考えれば、写真のような女性に化けることは可能のように思えた。ただ、にわかには信じられなかった。

震える手で、報告書の続きを確認する。

女性は、新宿五丁目東の交差点を渡り、花園神社方面に向かい、ゴールデン街にある〝キャットフェイス〟で酒を飲み、三十分ほどで店を後にしている。その後、再び三丁目にある〝畢生〟に戻っていた。そこで再び一時間ほど店にいたあと、二十二時頃に男の姿に戻った指月が姿を現し、帰路に就いた。調査員の二人が引き続き〝畢生〟を監視したが、女性の姿は結局現れなかったということだ。そして、写真の女性は、指月が女装したものだと断定している。

後日、〝畢生〟について調査すると、老若男女を問わないと謳《うた》っているものの、ゲイバーという括りの店だった。〝キャットフェイス〟は、七〇年代の洋楽をコンセプトにした店らしい。

興信所は、女性を指月だと断定するだけではなく、女装趣味もしくは、ゲイの可能性があるとコメントしている。そして、この行動を定期的に行っているのかは分からないが、追加で時間をもらえれば、交友関係を調査できるので、詳細が分かると締めくくっていた。

追加資料がないということは、再依頼はしていないのだろう。

薫は混乱をきたしていた。

指月が、ゲイである可能性。

医師としての指月という視点で調査をしていたが、別の一面が見えたことで、今までの調査が根底から覆されてしまったような気がした。

まず、指月の不倫相手が、男かもしれない。次に、ゲイであった場合の、家族間のトラブル。これらを調べる必要があるだろう。

自分が見当違いの方向を見ていたという徒労感。身体が重くなるのを感じる。

調査報告書を封筒にしまった薫は、それをベッドの上に置き、客間を出て鍵をかけた。

手始めに確認しなければならないことが、頭を満たしていた。廊下を歩き、階段を上る。

指月がゲイである可能性を、果たして舞子は知っていたのだろうか。


舞子の部屋の扉をノックすると、中から返事があった。名前を名乗ってからドアノブに手をかけて、中に入る。

「突然すみません」

薫は言いながら、窓際に置かれているソファに座る舞子を見たあと、部屋の中を見回した。

一種、異様ともいえる光景だった。

壁には多くのフォトフレームが掛かっていた。その多さにも圧倒されるが、フォトフレームの中に入っている写真は、すべて指月と舞子のツーショット写真だったのだ。仲がいい夫婦という目で見ても、異常と思える量だった。前に、どこかでこのような光景を見たことがあると考え、すぐに思い当たった。

以前、ストーカーで逮捕された男の部屋に似ていた。

「どうかしましたか」

舞子に声をかけられた薫は、身体を震わせる。

「いえ……」

首を横に振ると、舞子は微かに笑みを浮かべた。

「この写真、主人がいなくなってから飾ったんですよ。生きているときは、半分くらいでしたけど、寂しくなっちゃって」

半分でもずいぶん多いと思ったが、それを顔に出さないようにした。

「それでも多いと思いました？」

舞子は笑みを浮かべる。

どうやら、覚られてしまったらしい。どう切り返したらいいのか迷っていると、舞子は頬に手を当てた。

「私は、今でも夫が大好きなんです。ですから、ずっと、夫に見守られていたいんです」

そう言って、指月のことを懐かしんでいるような表情を浮かべる。

「それまでは、男なんて下賤《げせん》な生き物だと思っていました。結婚なんて考えられなかった。でも、夫に出会ってから、価値観が変わりました。本当に、感謝しているんです」

柔らかい表情だったが、その目には強い意志が窺えた。

薫は躊躇しつつ、口を開く。

「実は、その件でお話が……」

言いかけた薫は、言葉を止める。目の前にいる舞子に、指月がゲイである可能性を聞いていいのだろうか。取り返しのつかない過ちを、今からしようとしているのではないかという不安が胸に広がる。

「なんでしょうか？」

首を傾げた舞子が訊ねてくる。薫は、舌で下唇を軽くなぞった。

「指月さんについてですが、なにか、疑わしい行動はありませんでしたか」

考えた末、直接的な表現は避けることにした。

舞子はぽかんとする。

「……疑わしい行動というのは？」

薫は唾を飲み込む。

「たとえば、女性関係など……」

その言葉に、舞子は破顔した。

「そんなこと、ありえません。夫は、私を裏切りませんから」

盲信しているような、頑なさを感じさせる声だった。

口に手を当てた舞子は、目を半月のような形に細めた。

「それとも、誰かに、なにかを吹聴されたんですか」

今まで聞いたことのないような、低い声色だった。

「いえ……」

咄嗟《とっさ》に否定してしまう。そして、ここから逃げ出したいという感情が湧き上がってきた。一度、作戦を練ってからのほうがいい。このまま突っ込むのは危険な気がする。この空間から脱出する口実を見つけようとしたところで、部屋の扉がノックされる音が耳に届いた。

「舞子様。お休みのところ申し訳ありません」

使用人の小高の声だった。

「どうしたの？」

舞子の問いかけに、扉が開く。顔色の悪い小高は、明らかに動揺していた。

「あの……」

定まらない視線を彷徨《さまよ》わせていた小高は、なかなか続きを喋ろうとしない。どう話したらいいのか迷っているようでもあった。

なにを躊躇しているのかは分からない。しかし、ただ事ではないということは感じ取れた。

「なにがあったの？」

不安そうな面持ちで舞子が訊ねると、小高はようやく話し始めた。

「……その、庸一郎様のご様子が変なんです」

「変っていうのは？」

やや苛立ちを含んだ問いを投げかけられた小高は、わずかに顔を震わせた。

「実は、庸一郎様が医院のほうに顔を出されないと看護師から連絡があったので、部屋に呼びに行ったんです。それで、ドアをノックしても返事をされないので、もし倒れておられたら大変と思って部屋に入らせていただきました。ですが、しっかりとしたご様子で、椅子に座られていて……でも、返事はしても全然反応なさらないので……」

要領を得ない説明を手で遮った舞子は、立ち上がって部屋を出ていく。薫は迷ったが、後を追うことにした。

階段を降りて、廊下を進む。

一階の突き当たりにある部屋の前では、有川が不安そうな面持ちで立っていた。

舞子は有川を除《の》けるようにして部屋の中に入り、声をかける。

「おじい様、どうなさったの？」

庸一郎は安楽椅子に座り、まるで凍りついたように静止している。返答はない。一点に据えられている視線は、目の前に立っている舞子を見ていなかった。

「おじい様？」

動揺に震えた声にも、反応はなかった。

庸一郎は目の前にいる。実態はある。それでも、庸一郎と呼ばれていたものが、ごっそりと抜け落ちてしまったかのようだった。

舞子の手が、肩に触れる。すると、変化があった。

庸一郎は皿のように目を丸くして、舞子を見た。驚いているわけでも、怒っているわけでもない。なんの感情も当てはまらない。ただ、目が大きく見開かれているだけだ。

「……もう、こんな時間か」

舞子を凝視したまま、独り言のように呟く。

「時間？　なんのこと？」

舞子が庸一郎の目の高さまで腰を屈めて訊ねる。しかし、返答はない。

「いったい、どうしちゃったの？」

背筋を伸ばした舞子は、途方に暮れた顔を向けてきた。

「……分かりません」

有川は不安そうな面持ちのまま答える。

「だって、朝食のときは普通だったでしょ？」

「はい。ですが……」

言葉が続かない。有川自身も、どうしていいのか分からない様子だった。

「庭に、桜は咲いたか？」

脈絡なく、庸一郎が訊ねてくる。その視線の先には、薫がいた。

「……桜、ですか？」

不意のことに対応できなかった。どうしてこの季節に桜なのだろうか。いや、そもそも、庸一郎はどうしてしまったのだろうか。

白いワイシャツに、紺色のスラックスを穿いている。着衣に乱れはない。いつもは綺麗にセットされている髪に櫛が入っていないが、気になるほどではない。

視線を下に向ける。あることに気づいた。

靴下の片方が黒色で、もう片方が紫色だ。同系色で、色合いは近い。しかし、うっかり間違えるほど似ているわけではない。

なにかが、妙だ。そう思いつつ、視線を上げると、いろいろと見えてきた。

襟の後ろが立っている。髭が剃られていない。眼鏡に、指紋のような汚れがついている。いつもは定規を入れたように背筋が伸びているのに、猫背だった。

朝食のときには、普通だったという。現在時刻は九時半。それほど時間は経っていないだろう。

こんな短期間に、なにがあったというのだろうか。

ふと、認知症という言葉が思い浮かぶ。ただ、突発性の認知症など、あるのだろうか。

「おい、花見に行こう。桜が咲いただろう」

庸一郎は、有川に向かって言う。声のトーンが高い。額に皺を寄せ、楽しそうに口元に笑みを浮かべている。剽軽《ひょうきん》な表情だった。

提案された有川は、おろおろしている。

そこに、舞子が割って入ってきた。

「夏なんだから、桜が咲くはずないわ！」

不安が高じているのだろう。怒ったような口調だった。

廊下を走る足音が聞こえたかと思ったら、文彦が慌てた様子で部屋に入ってきた。白衣を着ている。診察途中だったのだろう。

「父さん！　どうしたんだ？」

言葉を受けた庸一郎は、不機嫌そうな顔になった。唇をわなわなと震わせ、猜疑心《さいぎしん》のこもった視線を向けている。そして、唐突に立ち上がった。

「誰だ！　お前は！」

激昂した様子で、庸一郎は文彦に近づく。

「こんなところに入ってきて、どういうつもりだ！　ここは立ち入り禁止なんだぞ！」

まくし立てるように言われた文彦は一瞬怯んだ様子を見せたが、すぐに立ち直って毅然《きぜん》とした態度になる。

「病院に連れて行くぞ」

「……病院？」

舞子は目を瞬かせる。

文彦は視線を下げて大きく息を吐き、顔を上げた。

「車の用意をしてくれ。すぐに東名大学付属病院に向かう」有川に言った文彦は、その言葉を撤回する。

「いや、ここで父を見張っていてくれ」

「わ、分かりました」

返事をした有川を見た文彦は、踵を返し、胸ポケットから取り出した携帯電話を操作しながら部屋を出ていってしまう。

舞子も後を追い、薫と有川の二人が残された。

静かになった空間で、薫は状況を正しく理解しようと努めた。庸一郎に備わっていた威厳は、もう跡形もなくなっている。その代わりに、顔に浮かんでいるのは穏やかさだった。恍惚《こうこつ》とした表情に近かった。

「いつもと違ったことはありませんでしたか」

薫は、視線を庸一郎から有川に移す。

聞かれている意味が分からないのか、有川はきょとんとする。

「朝食のときは普段どおりだったと舞子さんが言っていましたが、間違いありませんか」

再度問うと、有川はようやく反応する。

「朝は……普通だったかと思います。朝食を少し残されていましたが」

「朝食を残すというのは、珍しいことなんですか」

「はい。私がここで雇われてから知る限りでは、食事はすべて食べられていたと思います」

食事を残すことがいつもと違う行動だとしても、今の状況を説明できるものではない。

薫は眉間に皺を寄せる。

「そのほかに、庸一郎さんの行動に、不審な点はありませんでしたか」

「ほか、ですか……」有川の眉が八の字になった。

「昨晩は、田島様が来られて一悶着《ひともんちゃく》ありましたが……」

田島。聞き覚えのある苗字だなと考え、すぐに思い当たる。

「立川市長選挙に立候補している田島ですか」

「そうです。ご一緒に西東京都医師会の鳥居様も来られました」

この組み合わせなら、目的は一つしかないだろう。

「選挙についてのクレームですか」

「えっと……」

有川は、庸一郎を気にするような素振りを見せる。

その反応を見ると、どうやら外れてはいないようだ。

「……ロビーでお話をされていて、それで、少し聞こえてしまったんですけど」

有川は様子を窺うような視線を庸一郎に送ったが、庸一郎自身は、まったく関知していないかのように、窓の向こう側を見ていた。

「あのお二方が、選挙の妨害工作をしたと言い張っていて、大声で庸一郎様に言いがかりをつけていました。失礼な方たちです。本当に、なんなんでしょうか」

立場を明確にするためか、やや不自然な怒り方だった。実際に選挙妨害をしていると、この場で言ったらどう反応するだろうなと思ったが、無闇に波風を立てる必要はない。

質問を続ける。

「庸一郎さんは、どう対応されたんですか」

「毅然とした対応をしていらっしゃいました。言いがかりをつけに来られたんですから、当然のご対応かと思います。失礼にもほどがあります」

怒っている演技をしていて、感情が昂ってしまったのだろう。今や、本当に怒っているように見える。

鳥居と田島が連れ立って抗議にきたということは、庸一郎の行動が、立川市長選挙での打撃になったのは間違いない。その恨みが原因で庸一郎がこうなってしまったとは思えない。それなら、鳥居か田島がなにかしらの細工をしたのか。たとえば、毒物を飲ませたり――。

取り留めのない考えが浮かんだが、すぐに一蹴する。

現実的ではない。それならば、目の前にいる庸一郎は、どうしてこのような状態になってしまったのだろうか。

さまざまな憶測が頭の中を堂々巡りし、そのすべてを打ち消した。

やがて文彦が姿を現し、次いで蔵元医院の看護師たちが続く。その中には伊藤もいた。顔が熱くなるのを意識する。視線が合うが、それは一瞬のことだった。

急に部屋の中が慌ただしくなったが、すぐに庸一郎は看護師たちに付き添われて部屋を出ていった。

有川も、使用人の小高に呼ばれて消えた。

再び静寂に戻った空間に取り残された薫は、この不可解な状況下で、後頭部を掻いてから、庸一郎の部屋を出た。

廊下を歩きつつ、状況を整理しようとするが、考えが上手くまとまらない。こういうときは、一度すべてを忘れるに限る。時間を置けば、物事を第三者の視点で冷静に見ることができるはずだ。

自分を無理やり納得させた薫は、一歩、また一歩と進み、一呼吸してから再び足を前に出す。そうやってゆっくりと進んでいると、目の端に人影を捉《とら》える。

ロビーに立っていたのは、真紗子だった。

こちらに気づき、怯えたように身を竦《すく》める。そして、顔を伏せるようにして歩き始め、廊下の奥に消えていってしまった。その慌てようも妙だったが、なにより表情が異様だった。死人のような生気のない顔色と、不安の光に輝く瞳。死と生が入り混じったような顔は、精巧に作られた魂のない人形のようだった。

庸一郎の姿を見て恐怖に支配されてしまっているのか、それとも、怖気づく理由がほかにあるのか。後を追って詰問したい思いに駆られたものの、実行には移さなかった。

馬鹿正直に聞いても、真紗子は答えようとはしないだろう。

どうして怯えているのかを聞き出す材料を探す必要がある。ただ、まずは庸一郎の状況を把握してからにしよう。

薫は客間に到着した。

扉を開ける。

部屋に入り、肩の力を抜いたところで、異変に気づいた。

鍵をかけたはずの扉が、なんの抵抗もなく開く。

それ自体がおかしい。

何者かが、鍵を開けたということだ。

部屋の中を確認する。荒らされているわけではないが、明らかに他人の手が加えられていた。まずは、机に置いておいたバッグの中身を確認する。特になくなったものはなさそうだった。

振り返り、ベッドの上を見る。

佑二から受け取った封筒がなくなっていた。興信所が調べた、指月についての報告書や写真が消えている。

慌てて周囲を探すが、見つからなかった。ベッドの上に置いたのは間違いない。誰かが持ち去ったのだ。

犯人は誰だ。

全身から汗が噴き出た。冷静になろうと深呼吸を繰り返す。蔵元家、使用人、蔵元医院の職員。全員の顔を思い出す。誰にでも侵入する機会はあるだろう。しかし、合鍵を持っている人物に限られる。

部屋を出た薫は、キッチンに向かう。人影はない。全員で病院に行っているはずはないが、屋敷内に人の気配がなくなっていた。まるで、屋敷全体が死んでしまったかのようだった。

当てもなく歩き回る。

こんなことなら、屋敷の見取り図を作っておけばよかった。使用人の控室のようなものがあるはずだ。端から扉をノックしていこうと思ったとき、小高の頭部だけが見えた。

目が合い、ギョッとする。

一階の北側に、下へと続く階段があった。小高はそこから上ってきたのだ。

「どうしたの?」

小高は、怪訝な表情をしながら訊ねてくる。薫は落ち着きを取り戻した。気が動転していると、階下から上ってきている途中の人の頭を、生首だと錯覚するのだなと思った。そんな状態では、真実は見えてこない。

落ち着けと心の中で念じる。

「……この下は、物置かなにかですか」

薫が質問すると、小高は振り返って階段のほうを見た。

「使用人の休憩室と更衣室があるの。見る?」

頷こうかと思ったが、それよりも、聞かなければならないことがあった。

「この屋敷の合鍵は……私がいる客間の鍵は、何本かあるんですか」

その問いに、小高は怪訝な表情を浮かべる。

「……そりゃあ、ほかにもあるに決まってるわ」

「それ、どこに保管してありますか」

「鍵も、下よ」

薫の様子から非常事態だと察した小高は、すぐに鍵を保管している場所へと案内してくれることになった。

階段を降りる。

地下というので、かび臭くて湿気の多い場所かと思ったが、ずいぶんと清潔な空間が広がっていた。換気設備がしっかりとしているのだろう。空気も澄んでいる。

薄暗さはなく、窓がないことを除けば、上の階と環境は変わらない。ただ、上の階の床はカーペットを張っているが、こちらは板敷きだった。

通路の先へと進むと、ゆうに十人は座れる大きさのテーブルが置かれた部屋に到った。有川と、ほかの使用人も座っている。今が束の間の休憩時間なのか、それとも庸一郎があなってしまったことによる突発的な空白なのかは分からなかった。

「ここで、私たちは食事をするの。更衣室は、あっち」

指で示した先には、閉めきられた木製の扉。ほかにも、二つ扉がある。

「それで、この屋敷の鍵はどこですか」

薫が訊ねる。小高は無言で歩き出し、更衣室の隣の扉を開けた。中に入ると、そこは大量の掃除用具が置かれているほか、なにが入っているか分からない段ボールが堆《うずたか》く積まれていた。

部屋の奥の壁に、大量の鍵がかかっていた。それぞれ、階数や名称でラベリングされ、一目でどこの鍵か分かるようになっていた。その鍵の量を見て、やはりこの屋敷は規格外だと思う。普通の家ならば、そう何本も鍵は必要ない。

「ここに、すべての部屋の鍵が置かれているわ」

「蔵元家の人も、鍵を持っているんですよね」

小高は頷く。

「自分の部屋の鍵と、玄関の鍵は皆さまがお持ちだし、庸一郎様はマスターキーをお持ちよ。それで、ここにはもしものために二本ずつ保管してあるの。客間の鍵のうち一本はあなたに渡しているから、残りは一本……」

指を差しながら鍵を探していた小高は、あら、と声を上げた。

「……一本もないわ」

「それって、盗まれたってことですか」

小高の顔が赤くなる。

「盗まれるわけないじゃない。この屋敷は外部から侵入できないようにセキュリティーは万全で……」

「つまり、この屋敷の中にいる人間か、簡単に出入りできる人間ならば、鍵を持ち出せるということですね」

その言葉に小高は難色を示したが、反論はしなかった。

薫は、鍵のかかっている場所と扉を交互に見た。

「この部屋は、普段から鍵をかけていないんですか」

「そうよ。そもそも、鍵をかける必要なんてないのよ」

「鍵の本数のチェックは誰が？」

「そんなことはしないわよ。ただでさえ忙しいんだから」

小高は責められたと思ったのだろう。怒ったような口調だった。薫は部屋を出る。テーブルに座っている使用人が不安そうな面持ちでこちらに視線を送っていた。

「この控室には、常に人がいるんでしょうか」

「いるわけないいじゃない」不機嫌な声のまま答える。

「私たちは忙しいの。今は、庸一郎様の一件があったから、待機を命じられているだけ」

「では、先ほどまでなら、鍵を持ち出すのを見咎める存在はないと考えていいですね。ちなみに、ここに出入りするのは使用人の方たちだけですか」

苦々しげな表情の小高は、口を尖らせる。顔に浮かぶ感情が大袈裟だなと内心思った。

「蔵元家の方は、ほとんどいらっしゃらないわよ」

「では、鍵がここに保管してあることは、皆が知っているんですか」

「……蔵元家の方なら、知らないってことは、ないでしょうね」

「蔵元医院の従業員は？」

「……そんなの、知らないわよ」

小高は苛立った様子で投げやりに言う。

薫は腕を組み、唇を一文字に結ぶ。

今知った事実を総合すると、蔵元家の人間ならば、全員客間に入れるということだ。蔵元医院の職員も、ここに鍵があることを知っていれば、盗み出すことはそれほど難しいことではない。蔵元医院の職員は、屋敷内を自由に行き来すると目立つだろうが、屋敷内で職員の姿を見たこともあるので、容疑者から除外することはできない。マスターキーを持つ庸一郎はあのような状態なので、対象者から外して考えてもよさそうだ。

「ほかの部屋は、なにがあるんでしょうか」

残った二つの扉を見た薫が訊ねるが、小高はへそを曲げてそっぽを向いてしまう。

有川に視線を向けて答えを求めるが、小高を気にしているのか、喋り出しそうにない。

こんな些末《さまつ》なことで波風を立てたくなかったが、強硬手段に出ることにする。

「実は、少し目を離している間に、客間からあるものが盗まれました。つまり、警察である私のものが何者かに盗まれたということです。この件は重く受け止めていますので、場合によっては、一人ずつ警察署に同行して取調べをする必要もあると考えています。どうか、ご協力をお願いいたします」

横顔を見せている小高の表情が強張る。そして、不承不承といった調子で話し始めた。

「あっちは」小高は右側の扉に向かって顎をしゃくる。

「絵画とか壺を保管してある場所。その隣は空室。昔はワインセラーとかもあったんだけど、今はお酒を飲む人がいないからね。庸一郎様の酒量も減りましたし、ほかの方々は元から飲まれません」

蔵元家は下戸《げこ》が多いのかと思いながら、引っ掛かりを覚える。

「指月さんは、お酒を飲みますよね」

伊藤の発言を思い出しながら訊ねる。たしか、指月とは酒を飲み交わす仲だと言っていたはずだ。

小高は不愉快そうな顔になる。

「指月様は、お酒を飲まれません」

「……飲まない？」

「そうよ」小高は憤慨した様子で頷く。

「少し前に医師会主宰のパーティーをここでしたとき、指月様がジュースと間違ってアルコールを飲んでしまったことがあるの。ほんの一口だったんだけど、その場に倒れてしまわれたので、お酒は一滴も飲まないはずよ」

言いながら、小高は目を潤ませる。指月のことを思い出して悲しくなってしまったのだろう。

感傷に浸っている小高を尻目に、薫は今の発言について考える。

伊藤は、指月と年齢が近いため、一緒に居酒屋に行くようになったと発言していた。それなのに、指月は少しでもアルコールを摂取すると倒れてしまうほど弱いらしい。対して、伊藤はかなりの量の酒を飲む。酒が飲めない人と連れ立って酒を飲むというのは変ではないが、多少の違和感がある。

「ほかに、なにか聞きたいことでも？」

小高の言葉に、もう大丈夫だと言って部屋を離れた。

階段を上り、客間に戻った。

内側から鍵をかけてからベッドに横になる。三つの事柄が、頭の中を飛び回り、ぶつかり合った。

庸一郎の異変。

客間へ侵入され、指月の調査報告書が盗まれる。

指月がアルコールを飲めないということが判明し、伊藤が嘘を吐いている可能性がある。

関連があるかどうかは分からない。しかし、なにかが起こっているのは間違いない。

薫はゆっくりと息を吐き、庸一郎の異変について考える。

まずは、発端。

朝食まではほとんど普段どおりだった庸一郎が、今や別人のようになってしまった。いったい、庸一郎の身になにが起こっているのか。その全貌《ぜんぼう》を把握できていないものの、認知症にかかった老人と言われれば信じてしまうような状態になっているのは確かだった。

次に、原因だが、これは不明だ。ただ、突発的に認知症になったと考えるのが妥当に思える。そんなことが起こるのかどうか分からないが、そうとしか説明のしようがなかった。ほかの可能性もあるにはあるが、今は妄想の域を出ない。

最後に、理由。

認知症は能動的に引き起こせるものではないから、他者による介入は考えにくい。庸一郎が突発性の認知症になっているのならば、理由を考える必要はない。

――ただ。

認知症ではなかった場合も考えなければならないだろう。もっと言えば、庸一郎の症状が詐病《さびょう》だったら、どうだろうか。なにかしらの理由があって、あのような状態を騙《かた》る。あり得ないことではない。

もしそうだった場合、その意味や目的はなんだろう。

立川市長選挙のためだろうかと考えるが、すぐに否定する。すでに庸一郎の思惑通りにことが運んでいるのだ。押しの一手と考えることもできるが、あんな演技をしなければならない理由が思いつかない。

別の理由として考えられるのは――。

指月の死についての調査の妨害。

いや、この線も考えにくい。庸一郎の力があれば、薫の調査を中止させることは容易だ。それ以外の可能性。それはいったい、どんなことだろうか。

根拠のない考えばかりが、浮かんでは消えていく。

薫は考えることを一旦中断する。

庸一郎の件は様子を見るとして、この部屋に侵入した人物の特定が最優先事項だったが、可能性がありすぎで推測できなかった。

唯一、指月に関する調査報告書を渡した人物である佑二は除外できるだろう。

この部屋に侵入した人物が、調査報告書を盗むために入ったのか、侵入したときに初めて調査報告書を目にしたのかも不明だ。ただ、前者ではタイミングがよすぎるので、偶然見つけたと考えるべきかもしれない。

紛失したものから、侵入した目的は一つに特定できる。薫の調査状況を調べるためだ。何者かが、指月の死に関する調査を気にして侵入してきた。これはほぼ間違いない。

ただ、目的は分かっても、人物の特定は難しい。

天井を見ながら、一人一人の顔を思い浮かべていた薫は、睡魔に襲われる。抵抗を試みるものの、やがて意識を失った。

固いものが接触する音で、薫は目を覚ました。瞬きを繰り返して、ぼやけた視界の焦点を合わせる。

再び、固いものがぶつかり合う。

それが、扉をノックする音だと気づいて、ベッドから飛び起きた。窓の外の世界が茜色に染まっている。かなりの時間、眠ってしまったらしい。

扉が開く。立っていたのは、舞子だった。

「ちょっといい？」

憔悴《しょうすい》した顔で言い、部屋の中に入る。

薫は眠っていたことを覚られないようにしなければと思ったが、すでに遅かった。後ろ髪を触ると寝癖がついていたし、ベッドのシーツには、人が寝ていたような跡が残っていた。

ばつの悪い気もしたが、舞子は余裕のない顔をしているので、気づいていないようでもあった。目が充血し、腫れぼったい。先ほどまで泣いていたようだ。

薫は後頭部の寝癖を直そうと、さりげなく手櫛で梳《す》いた。

「なんでこんなことになるのよ……」

舞子は椅子に腰掛け、机に右肘《みぎひじ》をつく。手は、こめかみに当てられていた。絵になる構図だなと思う。

「庸一郎さんの容体は、どうだったんですか」

寝癖を諦めた薫が訊ねると、舞子は深いため息を吐いた。

「認知症の疑いがあるということだったんだけど、発症があまりに急すぎて……いろいろと検査をして、最終的には特発性生常圧水頭症の可能性も調べたわ。でも、ＣＴやＭＲＩでの画像診断をしても、原因は特定できなかったの」

「特発……？」

　薫が首を傾げると、舞子が丁寧に内容を説明してくれた。

「特発性生常圧水頭症っていうのは、脳や脊髄《せきずい》を保護している脳脊髄液が異常に増えることなんだけど、頭蓋《ずがい》内圧は正常で、原因が不明なの。この病気に罹《かか》ると、歩行障害や尿失禁、認知症様症状といった症状が現れるの」

　頷いたものの、よく分かっていなかった。ただ、庸一郎は普通に歩けていたし、見た限りでは尿失禁もない。

「画像診断で疑いが見られなかったから、タップテストはしなかったんだけど……あ、タップテストというのは、腰椎《ようつい》から髄液を採取して、状況が改善するかどうかを見るテストのことね」

　思わず腰のあたりに手を当ててしまった。髄液の採取など、想像するだけで身体が震える。

「つまり、庸一郎さんがあのようになった原因は不明ということですね」

　薫の問いに、舞子は頷く。

「急に認知症になるなんて……でも、せん妄の可能性はあるから、入院はさせなかったわ」

せん妄ならば知っている。以前担当した事件で、老人が急に通行人に殴りかかったというものがあり、そのときに一時的に意識が混乱するせん妄状態だった可能性があるという話になった。話の辻褄《つじつま》が合わなくなったり、幻覚を見たり性格が変わったりするらしい。たしかに、庸一郎の症状と合致しているような気がする。

舞子はいろいろな可能性を口にしていた。その声が震えている。そして、不意に涙が頬を伝い、その様子を見られたくないかのように、慌てて部屋を出ていってしまった。

残された薫は、舞子の態度を意外に思う。

自由奔放さは見る影もなくなっていた。庸一郎の状況を見れば悲しむのは家族として当然だったが、あれほど落胆するとは思わなかった。舞子は、庸一郎のことが本当に好きなのだろう。

部外者が庸一郎の様子を見にいくのは無粋だろうし、得られる情報もないはずだと思い、今日は屋敷を出ることにした。

外はまだ完全な夜ではなかったが、暑さはずいぶんと和らいでいた。駐輪場に向かい、自転車とポールを固定しているワイヤーロックの鍵を開ける。

「お帰りですか」

背後から声をかけられた。振り返ると、伊藤が立っていた。自転車を押している。どこかで待ち伏せしていたのだろうかと思ったが、自意識過剰だと考え直す。

「仕事は終わったんですか」

暗がりだったので、顔に浮かんだ動揺を察知されることはないだろうと考えつつも、やや俯き加減になる。

「今日は早番だったので。といっても、庸一郎先生がああなってしまったので臨時休診で、残務処理をしていて、いつの間にかこんな時間になってしまっただけです。それよりも、そのロードバイク、いいやつですね」

薫は曖昧な笑みを浮かべて謙遜《けんそん》する。離婚の反動で、かなり奮発した買い物をしてしまった。宝の持ち腐れというやつだ。

「あまり乗らないんですけどね」

「そうなんですか。もったいない……でも、刑事って忙しいでしょうからね」

「えぇ……まぁ」

忙しいのは忙しいが、自転車に乗れないほどではない。ただ、そのことは言わなかった。

自然な流れで、駅まで一緒に帰ることになった。大人二人で並んで自転車を押す。奇妙な感じがする。歩道が狭いので、伊藤が前、薫が後ろを歩く。

「指月先生の件、進展はありましたか」

唐突に伊藤が問う。

「……いえ、今のところは」

薫は、伊藤の後頭部を見ながら答える。妙な引っかかりを覚えた。今日の話題で適切なのは、庸一郎の件のはずだ。それなのに、指月のことを最初に聞くのは、違和感があった。

「……そういえば、指月さんと伊藤さんって、飲み仲間ですよね」

探りを入れるために薫が問うと、伊藤は首だけを曲げてこちらを見た。車道を走る車のライトが、その顔を照らすが、感情が読み取れなかった。

「そうですよ」

唾を飲み込む。

「でも、指月さんはお酒が飲めないと聞きました」

「……そうですね」

一瞬の間が、やけに気になった。

「お酒を飲めない人が居酒屋に行って、楽しいんでしょうか」

薫の問いに、伊藤は肩を竦める。

「いつも、指月先生は食べる専門でしたから。指月先生は居酒屋の食事が好きだったんですけど、一人では入れなかったみたいで。それで、俺は飲む専門です」

その回答に、違和感はない。ただ、なんとなく創作されたもののような気がした。

「庸一郎さん、大変そうですね。なにかの病気でしょうか」

薫から話題を振る。

今度は、伊藤は振り返らなかった。

「なんか、認知症になったんじゃないかって噂をしていますけど、どうなんでしょうね」

素っ気ない回答。

話が弾むことなく、二人は駅で別れた。


警察署に戻る。

刑事部屋の席は半分ほどが空いていた。大きな事件がなくても、日々の細々した事件の対応に追われるので、この時間帯に戻っている課員は多くない。

「ちょうどいいところに戻ってきたな」

課長席に座る西宮に声をかけられる。近くには赤川が立っていた。なにかを話し合っていたのだろうか。

呼ばれた薫は、バッグを自席に置いてから、なぜか得意げな顔をしている赤川の横に並ぶ。

「指月の死に関係するかは不明だが、面白いことが分かった」

西宮は言い、赤川に視線を向ける。

「蔵元文彦の件です」赤川は話し始める。

「時間の関係もあったので、蔵元家の人間に絞って調査をしたんです。表立って行動したら署長にドヤされる可能性があるので、それほど詳しい情報は分かりませんでした。庸一郎、真紗子、舞子はほとんど外出していないです。妙な噂もありませんでした。佑二は仕事終わりにキャバクラなどに出入りしたり、風俗を利用しているようですが、独身の男ということを考慮すれば、逸脱した行動は取っていません。ただ、文彦にだけは、面白い噂がありました」

話を聞きながら、薫は感心する。人の行動を把握するのは簡単なことではないし、こんな短期間のうちに調べられる情報量ではない。

赤川は、手に持っていた手帳を開く。

「文彦は蔵元医院で医師として働く傍ら、東名大学医学部の特任教授として、週に二日、講義をしています。それはいいんですけど、実は同じ大学の講師として働いている小森《こもり》響《ひびき》という女性と親密な関係だという噂があるんです。あくまで噂ですし、ウラが取れたわけでもありませんけど」

「どうやって、そんな噂を入手できるの？」

薫が疑問を口にすると、赤川は手柄話をするような顔になる。

「簡単なことです。大学での文彦の行動を観察するんです。もちろん、ただ観察するわけじゃありません。インターネットで匿名掲示板やＳＮＳなどに書かれた情報を事前に確認してから、そこに出てくる名前を中心に調べていくんです。あ、今、馬鹿にしましたね」

心中を見透かされたようで居心地が悪い。

「別に、馬鹿にしていないわ」

薫は言うが、赤川は疑いの視線を向けつつ口を開いた。

「有象無象《うぞうむぞう》のインターネットで情報収集するなんて無駄だと思うかもしれませんが、文彦のように社会的地位があり、人前に立つ人間は、誹謗中傷が書かれたりするんです。一時期、学校の裏掲示板ってのが流行った時期がありましたよね。今は下火ですが、東名大学医学部の掲示板ってのも存在していて、伏字《ふせじ》などを使っていろいろと書かれているんですよ。その中から、文彦に関する内容をピックアップしていて、小森響に行きつきました。どうやら、二人が親しくしている件については、学生の間では噂になっているようです」

赤川は、手帳を一枚めくる。

「小森響は、医師免許を取得後、大学に残って講師をしつつ研究をしているようです。独身で、付き合っている男性はいないみたいです。研究内容は、なんとかっていう菌の構造機能分析らしくて、よく分かりませんが、内容は大腸菌アミノ酸要求性の……」

「研究内容は飛ばせ」

西宮の苦言に、赤川は素直に頷く。自分でも言っていて、意味が分からなかったのだろう。

「その小森響を間近に見ましたが、なかなかの美人でしたよ。年齢は三十五歳ですが、とても若々しくてスタイルがいいです。陰があると言うか、薄幸そうな感じの美人です。僕の好みなだけかもしれませんので、人によっては美人じゃないかもしれません。個人的に好きな顔なのは間違いありません」

妙なこだわりを見せた赤川は、含みのある笑みを浮かべる。

「噂が本当ならば、二人は結構前から不倫関係を続けているようです」

「文彦の不倫が事実だとして、それが、指月の死とどう関係があるの？」

「分かりません」赤川は肩を竦める。

「ですが、指月の死の真相が分からない以上、無関係とも言い切れないと思います。もしかしたら、意外な真実が眠っているかもしれませんよ」

正論を言われ、薫は反論できなくなる。

文彦が、同僚の講師である女性と不倫。指月の死とは関連のなさそうな事柄だ。ただ、突破口になるかもしれない。

「小森響に接触しようと思うけど、予定は空いてる？」

「もちろん大丈夫です。ちなみに、小森は明日も講義があるので大学にいますよ」

「それなら、明日接触する」

「分かりました」

赤川の返答を聞いた薫は、渋い顔をしている西宮を見た。下唇を出して考え込んでいるようだった。おそらく、小森響に接触する危険性と効用とを天秤《てんびん》にかけているのだろう。正直なところ、文彦の不倫と指月の死が関係しているとは思えない。ただの悪足掻《わるあが》きのようなものだ。その悪足掻きが蔵元家に波瀾《はらん》を呼び、結果として庸一郎の逆鱗《げきりん》に触れる可能性も考えられる。

ここでの最良の選択肢は、文彦の不倫については無視することだ。

大きなため息を吐いた西宮は、乱暴に後頭部を掻く。

「……いいだろう。くれぐれも慎重にやってくれ」

どうやら、分《ぶ》の悪いほうに賭《か》けたようだ。

薫は、自席には戻らずに廊下に出て、自販機で缶コーヒーを買った。冷えた缶を掌で遊びつつ、刑事部屋に向かう。歩きながら、蔵元家での出来事を報告しなければと考える。

指月についての報告書で、女装していることやゲイが集まる店に出入りしていることが明らかになり、その報告書が紛失した。また、庸一郎が認知症のような症状を発症した。

今日の出来事を説明するだけでも一苦労だなと辟易する。

指月の女装姿を写した写真を思い返す。どう見ても男性には見えない。そして、女性の中でもかなり上位に食い込む容姿だった。道を歩いていたら見惚《みと》れるだろう。

何気なく廊下の貼り紙に視線をやり、足が止まった。

そこには、新宿で起きた刺殺事件の重要参考人と思われる女性の写真が掲示されていた。

全身に冷や水を浴びせられたようだった。

どうして、すぐに気づかなかったのだろうか。佑二から渡された興信所の報告書。そこに貼られてあった写真を思い出す。

その女性と、指月の女装姿は似ていた。

2

立川駅からJR中央線に乗り、四谷駅で乗り換える。目的地である飯田橋駅には一時間も経たずに到着した。

東名大学医学部は、飯田橋駅から徒歩で数分のところにあった。

好立地だったが、大学というにはいささか手狭に見える。今日は、蔵元文彦の講義はないので、鉢合わせの可能性はないだろう。この動きを文彦に察知されたらことだ。

学生が出入りする正門を抜け、大学の敷地内に入る。

「小森響から情報を引き出せる見込みは？」

薫が訊ねると、赤川は口の端を上げ、自信を滲ませる。

「少し話した感想を言うと、気弱なタイプでした。脅せば吐きますよ」

涼しい顔で、怖いことを言う。

「具体的なプランは？」

「刑事ってことを前面に押し出した戦法でいきましょう」

そういうことか。薫は納得する。脅せば吐く。それなら簡単なことだ。ただ、赤川の言うことは話半分に聞いていた。人を見る目がないのは、署内随一と言われている男だ。

歩きながら、ふと、疑問が頭をもたげる。

「でも、小森に面が割れてるんでしょ？」

赤川は当然ですと答える。

「昨日会ったときは、学生ってことにしていました。でも、今日は刑事としていきます」

「刑事……」

脳裏に蔵元庸一郎の姿が過る。今さらながらに、薫は今回の行動の危険性を認識した。庸一郎は認知症のような状態になっているので問題ないかもしれないが、蔵元家の脅威は依然として残っているだろう。警察の動きを察知した文彦が、署長に怒鳴りこまないとも限らない。

赤川は不気味な笑みを浮かべた。

「安心してください。我々は神奈川県警の刑事課の人間だということにします」

「……神奈川？」

「大丈夫です。普通の人間は、警察手帳を出されても、そこに書かれた文字をしっかりと読んだりしません。金色の記章に目を奪われますからね。神奈川県警だったら、蔵元家の支配は及んでないでしょう」

自信を持って言う赤川を不安に思いつつも、大学内を把握している赤川に先導され、一階ロビーに到着する。

「あそこにいると思います」

指を差した先には、二階へと続く階段があった。

腕時計を確認した赤川の後をついていくと、階段の先に講師控室というプレートが貼られた部屋があった。扉は開け放たれており、中を覗き見ることができる。

「小森が担当している講義が終わったばかりですから、まだここにいると思います。次の講義までは、少し時間がありますからね」

事前に調査していた内容を小声で説明した後、控室に入る。壁に掛けられた時計の針は、十六時四十分を指していた。

控室には、会議テーブルがロの字に配置されていた。椅子に座っているのは五人。全員がこちらに視線を向けたが、すぐ興味を失ったらしく、それぞれの世界に戻っていく。

女性は二人。どちらも四十代に見える。昨日聞いた話では三十五歳の薄幸そうな美人。

それに当てはまる人物はいなかった。

周囲を見渡した後、首を傾げる。

「……あれ、いませんね」

悪びれない様子の赤川を一瞥した薫は、ロビーの壁際に設置されているベンチで待つことにした。

横並びに座る。二人とも大学生には見られないだろうが、スーツ姿の大人が校内にいることは不思議ではない。

赤川は、行き交う人の姿の中から、小森を捜そうと視線を動かしていた。手持ち無沙汰の薫は、吹き抜けになっている高い天井を見上げながら、昨日のことを思い返す。

庸一郎の様子が急激に変わってしまったこと。そして、指月が女装している報告書を佑二から預かったものの、部屋に侵入した何者かによって盗られてしまったこと。その女装姿が、新宿の殺人事件の重要参考人として追っている女性に似ている気がするということ。

報告を受けた西宮は、苦悶《くもん》するような表情を浮かべて頷いただけだったが、今朝になって、もう少し詳しく調べてくれと告げてきた。疲れた顔をしていたので、引き下がらせるべきか進ませるべきか、一晩考えたのだろう。ただ、指月の女装姿の件は、肝心な写真がなく、あくまで薫の主観だったので、覚られるような行動は控えるようにと釘を刺された。

「あ、来ましたよ」

唐突に発せられた声に、薫の意識が引き戻される。

赤川の向いているほうを見ると、ほっそりとした長身の女性がこちらに歩いてきていた。手に、ファストフード店の紙袋を持っている。

小森は見たところ美人だったが、赤川が評したとおり、陰のある容姿だった。吹けば飛ばずに、その場で砕けてしまいそうな脆《もろ》さを孕《はら》んでいるように感じた。がりがりに痩せている。年齢は、薫と同い年だと聞いている。

二人は立ち上がり、講師控室に向かう小森を足止めした。

「すみません」

声の主である赤川を見た小森は、眠そうな目をわずかに開く。

「あ、昨日の……」

「少々、ご協力いただけませんでしょうか。神奈川県警の者です」

赤川は警察手帳をスラックスから取り出して見せる。紛失防止のため、警察手帳とベルトループをストラップで繋いでいる。

薫も、同じように提示するが、警視庁という文字を見られないか心配ですぐに閉じてしまう。

差し出された警察手帳を見た小森は、なにが起こっているのか分からない様子だったが、混乱しているのは瞳の動きで読み取れた。

「え？　警察って……昨日は学生だって……」

事態が呑み込めない小森は、赤川を見ながら呟く。

「すみません。内偵調査の段階でしたので、身分は偽らせていただきました。騙して申し訳なかったです」

「お伺いしたいことがあります」

苦笑交じりに説明する赤川に代わり、薫が口を開く。

「この大学の客員教授である、蔵元文彦との関係について教えていただけませんか」

名前を聞いた小森は、途端に警戒心を露にする。

「……なんでしょう」

固い声。その反応は、小森と文彦が人には言えない関係であることを物語っていた。

「食べながらでいいですよ。冷めてしまいますし」

薫がファストフード店の紙袋を見ながら提案する。

「……いえ、いいんです」

小森は首を横に振る。紙袋がひしゃげた。拳に力が入ったのだろう。

「ここで話してもいいですけど、文彦さんとの関係を人に聞かれてしまう心配もあります。我々はある事件を追っているんですが、あなた方の親密な仲が、事件の重要な鍵になりそうなもので……」

赤川は、暗に不倫を匂わせる。

途端に、小森は不貞腐《ふてくさ》れたような顔になった。慌てるだろうと思っていたので、意外な反応だった。

「別にいいですよ。もう清算したことですし」

「清算？」

「不倫のことでしょう」

明け透けに言う。あっさりと認めたので面食らった。ただ、赤川は動じず、冷静な声を発する。

「まさに不倫関係のことです。二人の仲は、いつまで続いていたんですか」

「つい、この前までです」

「この前というのは」

「二日前です。あっちから一方的に別れようって言われました」

苛立ちの混じった声で答える。

「なにか、きっかけがあったんでしょうか」

「知らないですよ」小森は険のある目つきになる。

「急に別れようと言われたんです。前触れもなにもありませんでした。意味が分かりませんでした。だって、来月の外出の予定とかも立てていたんです。楽しみにしていたのに

「……」

一瞬だけ寂しそうな表情になったが、すぐに怒りに覆われる。悲しみに浸る余裕もないほどに、憤怒に支配されているようだった。だからこそ、こうして秘密をいとも簡単に口走ってくれているのだろう。

内心、いいタイミングに聞き込みができたとほくそ笑む。

小森の様子を慎重に観察するが、嘘を言っているようには見えない。

不倫関係が解消したと思って間違いないだろう。

二日前、文彦になにがあったのだろうか。蔵元家の波瀾を考えれば、理由となるものはたくさんある気がする。

「文彦さんとは、どうして不倫関係に？」

薫が訊ねると、小森は鼻を鳴らし、小馬鹿にするような目を向けてくる。

「なんとなくです。不倫って、そういうものでしょう？」

優越感に浸っているような小森の顔を見て、嫌悪感を覚える。妻子のある人間と関係を持っていたにもかかわらず、悪びれた様子は一切ない。

分別のない人間に不倫をした理由を聞いたのが馬鹿だったと感じつつも、一定の成果はあったと思う。二日前に文彦に別れを告げられたということは、なにかしらの心境の変化が起きたと考えられる。前々から不倫を清算しようと思っていた日が、たまたま一昨日だったという可能性も否定できないが、なにか契機となることがあったと思うほうが自然だ。指月の死とは無関係に思えるが、昨日起きた庸一郎の変化や、報告書が盗まれた件との関係性は疑ってもいいだろう。

もう用はないと思ったので、話を終わらせようとしたが、先に小森が喋り出した。

「不倫をした理由ですけど、強いて言えば、文彦さんが可哀相だったからです」

「可哀相？」

薫は訝《いぶか》しむ。文彦が可哀相というのは、どういうことだろうか。

小森は、好奇の色を目に浮かべる。

「文彦さんの家って、かなり由緒正しいところなんですよね？　でも、内情はけっこうドロドロしているみたいです」

「ドロドロというのは、具体的にどういったことですか」

訊ねると、小森はもったいぶったように間を開けてから、ようやく話し始める。

「文彦さんって、実は、子供を作れない身体なんです」

顔には、嗜虐《しぎゃくてき》的な笑みを浮かべている。

ぞくりと、背中に悪寒《おかん》が走った。

子供を作れないという言葉を聞いた薫は、顔を歪める。胃液がせり上がってきたかのような苦みが、口の中を満たした。

「でも、実際に文彦には子供が……」

赤川が言うと、小森は意地の悪い顔になった。

「文彦さんは無精子症ですから、子供は別の精子によるものです。このことは、文彦さん自身から直接聞いたので」

声量を変えなかったので、近くを通った学生が驚いた様子でこちらを見てくる。しかし、立ち止まろうとはせずに離れていった。

「……無精子症だからといって、子供ができないわけじゃないと思いますが」

薫が指摘する。自分が不妊症で悩んでいたときに、いろいろと調べたので少しだけ知っていた。

小森は口元を歪める。反論されたことで、機嫌を損ねたようだった。

「そんなこと、知っています。無精子症というのは、精液中の精子がない状態ですが、おっしゃる通り、妊娠できる可能性はあります。そもそも、原因は二通り考えられ、一つは、精子が体内で作られているにもかかわらず、精管が閉塞していて精液中の精子がないパターンです。これは、閉塞性無精子症といって、顕微授精による妊娠が可能です。それに対して、精子を作る機能に問題が生じているのが非閉塞性無精子症といいます。こちらは、造精機能自体を回復させることは難しいですが、手術用の顕微鏡を使って、精子のある精管を探して、見つかれば顕微授精はできます。ただし、これら二つのケースに共通するのは、普通の性交渉では子供を作れないということです。文彦さんは非閉塞性無精子症でした。そして、手術も受けていませんので、奥さんとの間に子供を授かることはありません」

口早に言った小森は、自分の説明に満足したようだった。

要するに、文彦は子供を作ることが難しい身体だった。では、佑二と舞子、自殺した真一は、いったいだれとの間にできた子供なのだろうか。

「間違いってことはありませんか」

「文彦さんは、自分で一回検査して、その後、私が調べましたから間違いありません。だからこそ、私たちはセックスで避妊をしていませんでした。ちなみに、私は妊娠可能です」

淡々とした口調。薫は、顔が歪むのを抑えることができなかった。胸の痛みに耐えるため、歯を食いしばる。

小森は続ける。

「文彦さんと奥さんは、なかなか子供ができなかったそうです。でも、しばらくして子供ができたということで、一安心したと聞きました。早く世継ぎを産めというプレッシャーを父親から受けていたので、肩の荷が下りたと言っていましたよ。あ、ちなみに、これを聞いたときは、残念ですが、私たちは付き合っていません。私はその頃から文彦さんのことが好きでしたけどね」

小森は楽しそうに言う。

父親とは、庸一郎のことだろうと薫は思う。たしかに、庸一郎のプレッシャーはすさまじいだろう。

「それから、順調に子供ができたんですが、文彦さんはそのことを妙に思ったようなんです。どうして、子供ができなかった時期が長かったのに、立て続けに受精したのだろうって。そして、文彦さんは、実の父親と奥さんの関係を疑ったそうです」

「そんなことで……」

薫は唖然《あぜん》とした。

問題のない男女の間でも、なかなか妊娠できないケースはある。それなのに、よりによって文彦は庸一郎を疑ったのか。信じがたいことだった。

「私だって、今でも半信半疑……いえ、信じていませんよ。非閉塞性無精子症には後天性のものもあります。三人のお子さんが生まれたあと、文彦さんはおたふく風邪で精巣炎になったことがあったので、それが非閉塞性無精子症になった原因とも考えられますが、文彦さんは、もともとのものだと疑わなかったみたいです」

「……二人の関係を疑う理由はあったんでしょうか」

「他愛のないことですよ」小森は薄い笑みを浮かべる。

「奥さんが父親を尊敬していたとか、たまたま二人きりで親密そうに話しているところを見たとかそんなことです。正直、聞いているかぎりでは被害妄想でしたけど、私は文彦さんと付き合うきっかけになったので、強いて否定はしませんでした。文彦さん、本当に不幸そうでした。お金も地位もあって、顔だって整っているのに、ずっと父親に抑圧されていて、陰鬱な気持ちを抱えていたんですよ。私、そういう人に弱いんです。自分の子供ではない子供に囲まれて生きていると思っているんですから。あ、知っていると思いますけど、長男が自殺して養子を迎え入れて世継ぎにしたのだって、父親への反抗だったみたいですね。蔵元家の血に縛られたくないという反発心だったみたいです。馬鹿ですよね。文彦さん、父親にも、奥さんにも本当のことを聞けなかったそうです。本当に、可哀相。それに奥さん、妊娠できない期間に責め立てられたせいでノイローゼ気味になったらしくて、今でも暗い性格だって言っていましたよ。そんな人と一緒にいるなんて、災難だと思いませんか」

闇を孕んだ目が細められる。

悪女というのは、このような女のことを指すのだろうと薫は思った。

文彦の抱いていることは、おそらく被害妄想で間違いないだろう。小森の言うことを信じるならば、幻影に固執してしまった文彦は、長男である真一が自殺してから、指月を養子にした。それは、蔵元家への反抗だった。

文彦にとって指月は、反逆のための道具だった可能性もある。

「それで、あなたたちが追っている事件って、どんなことなんですか」

小森が興味深そうに訊ねてくる。

薫は、小森が持っている紙袋に、油が染みているのを見る。

「それは、守秘義務があるので」

罵倒したい思いを、辛《かろ》うじて抑え込む。

小森は笑みを浮かべる。

「まぁ、事件の内容はいいです。でも、刑事さんたち、もしかしたら大事なものを見逃しているかもしれないわ」

去ろうとした薫は、足を止める。

「……見逃しているというのは？」

その問いに、小森の口角が極限まで上がった。

「それは、守秘義務があるので」

勝ち誇ったような顔。

舌打ちをした薫は、赤川を伴ってその場を離れた。

見逃しているもの。

頭の中で反芻するが、すぐに止める。ただの戯言《ざれごと》だと一蹴した。

大学の敷地を出た薫は、気怠《けだる》くなっていることに気づき、立ち止まった。呼吸が上手くできなかった。

小森が語った不妊の件が、尾を引いているのは明らかだった。

薫自身、離婚した夫に妊娠できないことを責められたことで、心に深い傷を負っており、いまだに癒《い》えていなかった。自分が全否定されているのが、ただただ悲しかった。当時は自分のせいで全員に迷惑をかけ、なにもかもが滞ってしまっている原因になっているのだという気持ちになっていた。

妊娠できない期間の真紗子も同じ気持ちだったのだろうか。そのことを考えるだけで、真紗子に同情して涙が出そうになる。

「どうしたんですか」

赤川が、心配そうな声をかけてきながら顔を覗いてくる。薫は顔を背けて歩き出した。過去に囚われては駄目だと自分を奮い立たせた。

小森は人格的に問題があるが、話している内容に嘘はないようだった。

蔵元文彦の秘密が、指月の死と関係があるかどうかは分からない。

真紗子に話を聞くことで、なにかが分かるかもしれない。

腕時計を確認する。

十七時三十分。いい頃合いだ。

「これから、どうするんですか」

「私は調べることがあるから、先に戻っていいわよ」

赤川は神妙な顔になる。

「調べる……それって、指月の女装の件ですか」

「そのとおり」

「僕も同行したら駄目ですか」

薫は、その提案を拒否した。指月の女装姿と新宿で起きた殺人事件の女性が似ている件については、記憶違いの可能性もある。何者かに写真ごと調査報告書を盗まれたことが悔やまれるが、今さらどうしようもない。

それに、指月の動きを追うことによって、死の真相に近づけるかもしれないという淡い期待があった。

赤川は食い下がってきたが、薫は断固として意見を変えなかった。

二人は、新宿駅まで一緒に行き、そこで別々の方向に分かれる。

勘違いの可能性がある調査に、巻き込むわけにはいかない。

飯田橋駅から新宿駅までは、総武線に乗れば十分ほどで到着できる。

巨大な駅構内は、人があらゆる方向に進んでいるので、歩きにくかった。ときどき人にぶつかりそうになりながら、東口から出る。

陽は落ちかけているものの、日中に熱せられた空気が滞留していた。

薫は顔をしかめる。

新宿という街は、独特の臭気を放っている。繁華街特有のアルコールと生ごみに加え、食べ物以外のなにかが饐《す》えているような臭いだ。それらが相まって、新宿の街を覆っている。

嫌いな町の一つだった。

少し時間が早かったので、目的地に向かう前に、花園神社近くの蕎麦屋で食事を済ませることにした。麺《めん》の硬いざる蕎麦を胃に流し込み、店を後にする。そして、刺殺体が見つかったという花園神社の近くの小道を見ることにした。

抜け道のような細い通路は、人通りが少ない。もっと遅い時間になれば、人の姿はより少なくなるだろう。見たところ、防犯カメラのようなものもなかった。

目撃者がいないことも頷ける。

来た道を戻った薫は、最初の目的地である三丁目の〝畢生〟に向かった。

雑多な街を歩く。

十九時十五分。すでに酔客の姿が散見される。

〝華生〟は、雑居ビルの三階にあると調査報告書に書かれていたのを覚えていた。視線を上げる。十店舗ほどの看板が掲げられているが、なぜか〝華生〟のものはなかった。

エレベーターは使わずに、階段で上ることにした。一瞬、ビルを間違えたかと思ったが、よく見ると、通路の奥に〝華生〟という小さな電飾看板が置かれていた。

扉を開けて、中に入る。

〝？〟のマークに似たカウンターは、十人ほどが座ることができる大きさだった。テーブル席も三つ置かれていて、思ったよりも大きな店だなと思った。黒を基調としたインテリアも、意外だった。

すでに客が三人、カウンターに腰掛けていた。

カウンターの奥に立っていた二人の店員が、怪訝そうな顔になる。それに呼応するかのように、客もこちらに視線を向けた。全員男だった。

「すみません。お店、間違っていませんか」

金髪の店員が声をかけてくる。白い肌と茶色い目。全体的に色素が薄い。まだ二十代前半に見えた。

「ここに出入りしていた客について、少しお話を聞きたいんですが」

警察手帳を見せる。

金髪の男は、それを一瞥してから、カウンターに座るように言う。

「なにか飲みますよね？　飲まないのなら、話はしないわよ」

大きな目で見つめながら男が告げる。冗談を言っているようには見えない。

「それなら、ジンジャーエールを」

「チャージ料が五千円で、飲み物が八千円ね」

「え？」

「嘘よ。警察相手にぼったくったりなんて危ない橋は渡らないから。それに、女は毒牙《どくが》にかけないって決めているの」

男が艶のある声を出すと、客が忍び笑いを漏らす。

氷の入ったグラスが目の前に置かれ、ウィルキンソン・ジンジャーエールが注がれる。

一口飲むと、生姜《しょうが》の成分のせいか喉が熱くなる。

「それで、誰のことを聞きたいの？」

「蔵元指月という人物です」

「知らないわね」男は即答する。

「名前を言う人は多くないの。写真とかないの？」

「ありません。ただ、ここに来て、女装してから外に出かける人です。ご存じでしょうか」

店内にいる客の話し声が止まる。これで分からなければ、警察内部でしか配布されていない手配書を見せるつもりだったが、男の表情から察するに、その必要はなさそうだった。

「……あの子、最近来てないけど。なにかあったの？」

そう言って、探るような目つきを向けてくる。

死んだことについては、伏せておくべきだろう。

「実は、ある事件の……」

「ちょっと待って」

言葉を遮った男は、もう一人の店員に店番を頼んで、薫を外に連れ出した。

「あの子、なにかしたの？」

男は不安そうな顔で訊ねてくる。本当に心配しているらしかった。

「詳しいことは言えませんが、ある事件の参考人なんです」

「ある事件って？」

「教えられません」

薫が拒否すると、男は口をへの字に曲げたが、しつこく聞いてはこなかった。

「私、あの子の本名は分からないけど、たしかにこの店のトイレで着替えていたわ。けっこう大きいトイレで、なんとライトはシャンデリアよ」

男は自慢げに言う。

トイレにシャンデリア。想像ができなかった。

「普段は、どんな様子でしたか」

薫が訊ねると、男は口を尖らせる。

「事情は聞かなかったけど、親とかにカミングアウトできてないんでしょうね」

「その方は、女装をしていたということですが、女装癖があるだけでしょうか」

「女装好きの上に、男性が好きだったのよ。ＬＧＢＴで言うゲイってやつ。ちなみに私もゲイ」

男は、両手で自分を抱きしめるような仕草をする。

ＬＧＢＴについては、薫も知識があった。女性同性愛者であるレズビアン。男性同性愛者であるゲイ。両性愛者であるバイセクシャル。そして、性別越境者という意味のトランスジェンダーの頭文字をとったものをＬＧＢＴといったはずだ。

「……その人がゲイってことは、女性は恋愛の対象外だったんでしょうか」

「聞いた限りではね。その子の素性は分からないけど、男性が好きだってことを言っていたわ。ちなみに、女装用の服はこの店に置いていたわ。最後に店に来た時に回収していったけど」

薫は顎に手を当てる。

もし、目の前の男がいう〝あの子〟というのが指月だと仮定したら、舞子との結婚は本意ではないということだ。

「それで、なにが聞きたいの？」

男はポケットから煙草を取り出して火をつけた。

薫は、煙が電灯の光の中を漂うのを見てから、口を開く。

「事件に巻き込まれたとか、恨みを買っているとか、恨んでいるとかいった話はありませんでしたか」

「そうねぇ……」

目を伏せて考え込む。そして、不意に目を合わせてきた。

「もしかして、少し前に新宿で殺された男と関係ある？」

その言葉に、薫の心臓が跳ね上がった。動揺が表情に表れていないか心配だったが、どうやら覚られていないようだ。

「違います」

慎重に声を発する。

「本当に関係ないの？」

再度否定する。それでも疑っているようだったが、やがて諦めてくれたらしい。

「なーんだ。殺された男に関係があったら面白かったのに。あ、不謹慎かしら」

そう言いつつも、楽しそうに微笑む。

薫は、声に動揺が漏れ出ないように細心の注意を払った。

「どうして、関係があると思ったんですか」

薫の言葉を受けた男は顎に手を当て、にやにやと笑う。

「やっぱり、関係あり？　教えてくれたら、私も喋るわ」

狼狽しそうになるのを、なんとか踏み止まる。

「違います。参考にしようと思っただけです。隠すようでしたら、後日改めて別の捜査員と一緒に伺いますが」

脅しているのだと分からせるために、不敵な笑みを浮かべる。

男は、苦いものでも口に含んだような顔をした。

「……分かったわよ。警察が出入りしているバーなんて、物騒で客が離れていくわ」咳払いして、続ける。

「二カ月くらい前の話だけど、あの子、男に言い寄られて困っていたみたい。その男がしつこいようだったから、はっきりと断ればって助言したんだけど、自分のせいで、人が悲しむところを見たくないんだってさ。変な子よね。つーか馬鹿。それで、強くは拒否できなかったみたいなの。精神的な支えでいてほしかったのに、肉体関係を迫られたって言ってたわね。いつも、ため息を漏らしていたわ。相手はなんかすごいイケメンみたいだから、身体を許しちゃえばいいのにって助言したんだけど、それは不義理だからって言って、またため息。その姿がまた絵になるのよ。店でも彼、密かに人気だったのよ。また来てほしいんだけどねぇ」

男は、まるでそのときの状況を再現するかのように、深く息を吐いた。

「それでね、その子が帰ったあとで、ほかの客と、ああいった優柔不断な性格の子っていうのは、もう退路がないというくらいに精神的に追いつめられて、どうにもならなくなったと思い詰めてからが危ないって話してたのよ。往々にして自暴自棄になりやすいから、大きなことをしでかしちゃうのよね。自殺とかが一番多いわ。同性愛者の自殺率って、高いみたいよ。あら、また自殺？　って具合に。でも、もしかしたら新宿の刺殺事件を起こしちゃったりしてって思ったわけ。まぁ、殺された男が、その言い寄った男と同一人物かどうかも分からないけどね」

勘が鋭いなと思いつつ、指月と思《おぼ》しき人物が、男に言い寄られていたというのは興味深い話だった。

「ほかに、なにか変わったことはありませんでしたか」

「ないわね。二カ月くらい来てないし」

二カ月というのは、佑二が興信所に頼んで調査報告書を受け取った頃と一致している。男の印象を信じるならば、追いつめられた指月が自殺する可能性はありそうだった。それに、指月が新宿の事件の犯人だという確率も高まった。

礼を言ってから帰ろうとするが、お金を支払っていないことに気づく。そのことを申し出ると、男は首を横に振った。

「お金はいらないわ。それと、この店は基本的には女人禁制だから、もう一人で来ないでね。どうしても話を聞きたいなら、イケメンの刑事さんを連れてきて。あ、刑事ってことは絶対に伏せてよ」

手を振った男は、店の扉を開けた。そして、身体を半分ほど入れたところで振り返る。

「あの子を助けてあげてね」

そう言って、店に戻ってしまう。

残された薫は、忘れ物はないかと確認してから、ビルを後にした。

次の目的地は、新宿区役所の近くだった。歩きながら、状況を整理する。

〝畢生〟の男の話が本当だとして――。

指月が男に言い寄られており、それを断れきれない状態だった。ただ、指月が乗り気でないことは伝わっただろう。それに対し、男は素直に引き下がっただろうか。それとも、強硬手段に出ただろうか。

強硬手段に出た場合、もしかしたら、衝動的な殺人の動機となりうるかもしれない。指月が、新宿区で男を殺害した犯人なのだろうか。この前に会った新宿警察署の刑事は、参考人として女性を追っていた。

新宿区の繁華街には、防犯カメラが多く設置されているものの、女性の姿をした指月は、〝畢生〟で男の姿に戻った。そのせいで、指月を見逃しているのかもしれない。

指月の自殺について調べていたのに、妙な方向に進みつつあるなと思う。

交差点を渡り、昼のように明るい街を歩く。

――自分のせいで、人が悲しむところを見たくない。

先ほど聞いた男の言葉を、頭の中で反芻していた。

人が悲しむところを見たくない指月は、そのせいでどんどん追いつめられていき、凶行に及んだのだろうか。

男を殺し、自殺。考えられる流れだった。

新宿区役所の近くにある、新宿ゴールデン街というエリアに到着する。狭い土地に木造長屋が連なり、小さな飲食店が密集していた。初めて来たが、思ったよりも整然としている印象だった。

案内板を見ると、店の数は二百軒を優に超えていそうだ。その中から目的の店を探す。G2通りにあるらしく、すぐに見つかった。

調査報告書に書かれていた〝キャットフェイス〟という店は、看板になぜか犬の絵が描かれていた。カウンターだけの店内は、八人座ったら満席になるくらいの狭さだった。客はおらず、四十代くらいの小太りのマスターが、暇そうに煙草を吹かしている。

例のごとく警察手帳を見せ、指月のことを聞く。しかし、指月の素性を伏せた上での聞き取りは、なかなか上手く伝わらなかった。そこで、手配書の写真だけを引き伸ばしたものを見せる。するとマスターは、二カ月前に綺麗な女性が来店したと答える。時期も、調査報告書と一致する。

なにか話をしていたかと質問したが、マスターは首を横に振った。ほとんど話すことなく出ていってしまったということだった。そして、もし知り合いなら店に連れてきてくれと言い、美人は歓迎だと付け加えて、下心の混じった笑みを浮かべる。

薫は、なんの成果もなかったなと思いつつ店を出た。

いや、一つだけあった。

知らない人から見れば、指月の女装姿は女性にしか見えないということだ。

ゴールデン街の狭い路地を歩くと、外国人観光客が散見された。以前、外国の観光ガイドに載ったことで観光地化しているという話を聞いたことがあったが、目の前の光景はまさにそれだった。

集団で記念写真を撮る外国人をすり抜け、看板を見ながら歩く。先ほど行った〝キャットフェイス〟のほかにも、指月が入った店はあるのだろうか。女装した指月は、どんな気持ちでここを歩いていたのだろうか。ゲイという秘密を抱えたまま、蔵元家の医師として働き、また、舞子の夫として存在している自分に、違和感はなかったのだろうか。息苦しさはなかったのだろうか。

——自分のせいで、人が悲しむところを見たくない。

人が傷つくのを恐れた指月は、自分を押し殺していた。そして、窒息しそうになるのをなんとか回避するため、ここで女装をして、自分を少しでも解放していたのかもしれない。根拠のない推量だったが、それほど外れていないような気がした。

周囲を見渡す。

無闇に店に入ったところで、指月の情報を得られるとは思えなかった。

署に戻ろうとしたとき、いきなり背後から肩を摑まれた。

驚いて振り返ると、二人の男が立っていた。見覚えのある顔。すぐに、新宿で起きた殺人事件を担当している捜査員だということを思い出す。

「あんた、立川署の刑事だったよな」

肩を張った男が訊ねてきたので、薫は名前を名乗る。すると、長身の男は名前を山崎《やまざき》だと告げる。鋭い目をしているが、敵意はなさそうだ。

「所属は捜査一課だ。そして、隣が、新宿警察署の白井《しらい》君」

紹介された白井は、軽く頭を下げる。短髪の白井は色黒で、精悍な印象だった。

見たところ、山崎は四十代半ば。白井は三十代前半だ。

「どうして、こんなところに？」

山崎が質問してくる。非難している口調ではない。前に立川警察署で会ったときは、山崎が威張っているように見えたが、こうして話してみると、それほどの威圧感はなかった。

薫は答えに窮する。

ここに来たのは、指月の死の真相を探るためだったが、ともすれば、新宿の殺人事件を追っているように見られる可能性もある。縄張りに踏み込んでいると思われるのは心外だった。指月の件を話したところで証拠がない状態なので、一笑に付されるだけかもしれない。なるべく、争いは避けたい。

ただ、まったくの嘘をついても見透かされるような気がした。

ゴールデン街の外れの、人気の少ないエリアに移動する。そして仕方なく、蔵元家のことについて説明することにした。

指月という男の死。その死の真相を調査していること。

ただし、蔵元家の力や、その力に屈服した署長に命令されていることなどは伏せておいた。

「……へぇ、立川署は、そんな依頼も受けるのか」

山崎は、感心するというよりも、呆れ声で言った。

薫は、自分の顔が赤くなるのを意識する。探偵ごっこをしているように思われたような気がして、恥ずかしかった。

「ちなみに新宿の殺人事件の件だが、参考人の女性について、知っている情報があったら教えてほしい」

その問いに、後ろ暗い部分を持っている薫は思わず目を泳がせてしまった。

山崎は、それを見逃さなかった。

「なにか知っているんだな」

すぐに突っ込まれた薫は、唾を飲み込んだ。

「……いえ、知りません」

言いながら、自分でも怪しい返答だなと思う。

しかし、山崎は言及してこなかった。

「……まぁいい。あんたが今、頭の中で思っていることの信憑性《しんぴょうせい》が高まって、その上で少しでも精度の高い情報だと思ったのなら、遠慮せずに連絡してくれ。俺は、どんなに些細な情報でも馬鹿にしないのが取り柄なんだ」

まるで、心の内を見透かされたような言葉に、力の差を見せつけられた思いだった。

「あんた宛てに、新宿の事件の資料を送っておくよ。力を貸してもらえると助かる」

低姿勢で言った山崎から、焦りのようなものが滲み出ているような気がした。低姿勢なのは、捜査の進捗が芳しくないからだろうか。

真意は分からなかったが、事件の解決を最優先に考えて、その時々であり方を変える人物というのは、刑事としては好感の持てるタイプだった。

去っていく二人の背中を見ながら、協力できる部分があれば力になりたいと素直に思った。

完全に闇に染まった空を一瞥して、新宿駅に向かって歩き出す。その途端に、携帯電話の着信音が鳴った。立ち止まってディスプレイを確認すると、舞子の名前が表示されている。

電話に出ると、これから来られないかと出し抜けに聞いてきた。

理由を訊ねると、犯人が分かったかもしれないということだった。

薫はすぐに行くと伝え、電話を切った。

立川駅からタクシーを使ったので、屋敷には電話を受けてから一時間もかからずに到着した。

出迎えたのは舞子で、すぐに部屋に連れていかれる。

「犯人が分かったかもしれないの」

閉められた扉を背にした舞子はおもむろに言った。

「どうして、分かったんですか」

「順番に説明するわ」真剣な眼差しを向けてきた舞子は続ける。

「一昨日《おととい》、おじい様が犯人は名乗り出るようにって言ったこと、覚えてる？」

問われた薫は、すぐに頷く。

忘れるわけがない。庸一郎がダイニングで、いるかどうかも分からない犯人に対して語りかけた日のことだ。あれは、明らかに警察を出汁にした上での発言だった。薫は舐《な》められたのだ。

「あの一件があってから、私、ずっとおじい様に接触する人を監視するようにしたの。夜は、それこそ寝ないで、一階の空き部屋で聞き耳を立てていたの。理由はもちろん、おじい様の部屋のほうに向かう足音が聞こえたら、出てくるのを待ち伏せして犯人を突き止めるためよ」

冷静な調子で語る舞子からは、感情を読み取ることができなかった。

その興奮の下に隠されているものは、なんなのだろうか。

薫は話を聞きながら、寝ずの監視をする執念に驚くと同時に、恐怖も感じていた。そこまでして、指月を殺した犯人を見つけたいのか。

そして、頭に浮かぶ疑問。

もし犯人を見つけたとして、舞子はどうしようというのか。

「それで、犯人かもしれない人を見つけたの」

薫の考えは、急くような舞子の声に遮られる。

「誰なんですか」

訊ねると、舞子は赤い舌を僅かに出して、形のいい唇を舐める。

「お母様」

「え？」

驚いて聞き返してしまう。お母様というのは、真紗子のことだろう。

「私のお母様よ」舞子は、躊躇なく告げる。

「さっき、寝ないで空き部屋に潜んでいたって言ったでしょ？　その間に、夜中におじい様の部屋に向かう足音が一つだけあったの。一時間くらい部屋にいたと思うわ。それで、その足音の主を突き止めようとして、おじい様の部屋から出てきたタイミングで私は廊下に出たの。そうしたら、お母様だったので驚いちゃった。家族の中では犯人じゃないだろうって思っていた人だったから」

「まだ、犯人と決まったわけでは……」

「そんなこと、知っているわ」少し憤慨したように、頰を膨らませる。

「ともかく、おじい様がダイニングであいった発言をした後に、お母様が部屋に行ったのは間違いないの。しかもお母様、瞼を腫らすほど泣いていたのよ。私を見て、凍りついたように硬直していたわ」

たしかに、庸一郎の発言の後に部屋に行ったとなれば、疑われても仕方ない。ほかに、なにかしらの理由があれば別だが、タイミングを考えると指月の殺害を告白したと受け取られかねない行動だ。

不意に、大学のロビーで小森から聞いた言葉が蘇る。

——文彦さんって、実は、子供を作れない身体なんです。

庸一郎と真紗子が通じている。

薫は首を横に振った。

小森自身、文彦の被害妄想だと考えているようだったし、庸一郎と真紗子の雰囲気からして考えにくいことのように思える。

否定する明確な材料はないが、その可能性は考えたくなかった。

それならば、真紗子はどうして夜中に庸一郎の部屋を訪れたのだろうか。

舞子の言うように、やはり指月を殺した犯人なのだろうか。

「ちなみに、真紗子さんが部屋に行ったのはいつのことですか」

「一昨日の夜よ」

庸一郎がダイニングで例の件を発言した当日だ。

「私、おじい様の部屋になにか用事があったのって聞いたの。そうしたらお母様、答えをはぐらかして逃げちゃったのよ」

たしかに、その行動は怪しい。

「どうして、今まで黙っていたんですか」

薫が訊ねると、舞子はきょとんとした顔になった。そして、おもむろに口元を手で隠してから目を細めた。半分になった表情を見る限りでは、笑っているように見える。不気味な笑みだった。

「最初に、羽木さんには先入観なしに犯人を捜してほしいって頼んだことは覚えていますか。だから、私からは情報を出さなかった」

薫は頷く。覚えているに決まっている。舞子が情報提供をしなかったせいで、ずいぶんと苦労させられているのだ。

舞子は、口のあたりを隠していた手を除ける。その顔は、笑ってはいなかった。細められた目は、歪んでいるだけだった。激しい憎悪を感じ取る。

「警察に協力してもらおうと思い立ってから考えていたことなんですけど、羽木さんには、先入観のない状態で犯人を捜して、私は、先入観を持って犯人を捜すことに決めたのよ。そうすれば、犯人を逃す確率が下がると思ったの。そして私は、犯人かもしれないお母様の尻尾《しっぽ》を摑んだ。それで二日間いろいろと調べたんだけど、証拠が見つからなかったの。だから、今こうして話しているのよ」

起伏のない、平坦な口調だった。

舞子の考えは、理にかなっているように思える。殺人事件が発生して捜査本部ができた場合、地元の事情を把握している所轄の捜査員と、警視庁捜査一課から派遣されてきた殺人事件のプロである捜査員がペアを組む。機動力と、捜査力の融合。もちろん、目的はそれだけではないが、舞子が言っているのは、まさにペアの考えとも一致した。

薫は、知らずしらずのうちに舞子とペアを組まされていたことになる。

よく考えられているなと感心しつつも、犯人を捜し出したいという執念に恐怖を覚える。

「あとは、証拠を摑むだけよ」舞子は、途端に強い口調になった。

「羽木さんの力で、お母様が犯人だと証明して。お母様が部屋を離れている間に忍び込んで証拠を探したんだけど、なにも見つからなくて。やっぱり、こういったことは羽木さんのほうが得意でしょ？ お願い。私……絶対に、夫との仲を断ち切った人を許せないの」

口を閉じた舞子の頰は赤く高揚していた。

許せないの。

舞子の語尾の震えは、抑えようのない怒りの発露のように薫には思えた。

真紗子の部屋に忍び込んで証拠を探してほしいと懇願されたものの、薫は答えを誤魔化し、庸一郎の病状を聞くことでなんとか本筋を逸らすことに成功した。

庸一郎の容態を聞かれた舞子は、途端に泣きそうな表情になった。話を聞くと、病状は回復しておらず、今も認知症のような症状が続いているらしい。

薫は一刻も早く舞子と二人でいる状況から脱したかったので、庸一郎に会わせてほしいと頼む。

そして、その願いは思いのほか、あっさりと叶えられた。

庸一郎は自室にはおらず、一階にある書斎と呼ばれる部屋にいた。

案内された薫は、一人用のソファに腰掛ける庸一郎を見て驚く。最後に会ったときと比べて、別人のようになっていた。

身なりは整っている。靴下も同じ色だった。髪にも櫛が入り、顔から下だけ見れば、当初の庸一郎そのものだ。しかし、瞳に感情がなかった。顔色が悪く、唇はだらしなく開かれ、表情全体に締まりがなくなっていた。

厳格な庸一郎は、姿を消してしまっていた。

「こんばんは」

庸一郎の近くに置かれた椅子に座っていた有川が会釈する。

薫は挨拶を返してから、庸一郎の容態を聞いた。

「……あまり、変化は見られません」

有川は言葉を選びつつといった調子で答える。舞子に遠慮している様子だった。

「過度なストレスによって認知症になったんじゃないかって、お医者様は言うの」憤ったような表情を浮かべた舞子は、信じられないといったように首を横に振った。

「今まで経験したことのないようなことが引き金となって認知症を発症する人もいるらしいんだけど、おじい様に限ってそんなことはないと思うの。だって、真一お兄様が亡くなったときだって気丈に振る舞っていたし」

そこまで言って失言だと思ったのだろう。舞子は口を噤んだ。

薫は、庸一郎に視線を向ける。

過度なストレス。

それは、指月の死を指しているのだろうか。ただ、庸一郎がこのようになったのと、指月の死のタイミングが一致しない。指月の死という事実に徐々に蝕まれていったということもあるのかもしれないが、専門家ではないのでよく分からなかった。ただ、真一の自殺のときに変化がなくて、指月の死によってこのような状態になってしまったとは考えにくい。

庸一郎の身に、なにがあったのだろうか。

答えが出る見込みのない問題について考えていると、背後に気配がした。

振り向くと、真紗子が立っていた。薫がいることに気づかなかったのか、驚いているようだった。

目を見開いた真紗子は、移動させた視線を舞子のところで止めた。その瞬間に浮かべた表情からは、恐怖がありありと滲み出ていた。身震いした真紗子は、慌てたように踵を返す。そして、逃げるように部屋を出ていってしまった。

違和感を覚えつつ振り返ると、舞子の視線が真紗子の消えていった方向に注がれていた。

指月を殺した犯人だと疑っているという目には見えなかった。ただただ、憎悪に満ち満ちていた。

悪寒が走った薫は、急に庸一郎が立ち上がったので小さく悲鳴を上げてしまった。

「ど、どうされたんですか」

有川も立ち上がって訊ねるが、庸一郎は返答せず、歩き始める。しっかりとした足取りだった。

「……おじい様？」

舞子の声にも反応せず、部屋を出ていってしまう。三人は後を追った。

庸一郎が向かった先は、一階の自室だった。電気はついていなかったが、大きな窓から漏れ入る光で、部屋の中は明るかった。部屋の一面は本棚で、医学書がびっしりと並べられていた。

「もう必要ない。外に出たい」

庸一郎は呟き、大人が横になれそうな大きな机に近づき、椅子に座る。目の前には窓があり、月が出ていた。三割ほど欠けた月が、夜空にぽっかりと浮かんでおり、庸一郎はその月を見ているらしかった。誰も、声を発しなかった。

舞子は辛そうな表情をして、有川は困惑していた。

そのとき、ポケットに入れていた携帯電話が鳴った。

押す。

「す、すみません」

薫は謝ってから部屋を出て、ディスプレイを確認する。赤川からだった。通話ボタンを押す。

「どうしたの」

〈大変ですよ！〉

赤川の大音声《だいおんじょう》。薫は顔をしかめて、耳から少し離した。

「……なにが大変なのよ」

電話の向こうで咳き込んだ赤川は、謝罪してから説明する。

〈蔵元庸一郎から、告白文が届いていたんです！〉

「え？」

予想し得なかった言葉だったので、思わず聞き返してしまう。

〈署長に宛てた手紙だったんですけど、指月の殺害を告白しています。筆跡が本物かどうかは分かりませんけど、とても達筆で、悪戯には見えないんです〉

「ちょ、ちょっと待って！　庸一郎が殺害したって書いてあるの？」

声を荒らげてしまったことに気づいた薫は、周囲を窺う。誰かに聞かれてしまったかと思ったが、心配なさそうだった。

頭が混乱した。

どうして、庸一郎は殺害をしたという告白文を署長に送ったのだろうか。そもそも一昨日、庸一郎は家族に向かって犯人に名乗り出るようにと発言していた。そのことと、告白文の存在は、明らかに矛盾していた。

「それで、手紙はいつ届いたの？　今日？」

周囲を警戒しつつ、声をひそめて訊ねる。

〈消印が昨日になっています。ここに届いたのは今日みたいです〉

昨日ということは、庸一郎の様子が変になった前後ということか。

屋敷から立川警察署には、車を使えば十五分ほどで到着できる。わざわざ手紙を投函《とうかん》する必要性があるのだろうか。

「郵便局には問い合わせたの？　大体の投函時間を知りたいんだけど」

〈聞かれると思っていました〉赤川が得意そうな声を発する。

〈調べたところ、新奥多摩《しんおくたま》街道沿いにある郵便ポストに投函されているということが分かりました。十三時四十分頃の収集だったようです〉

薫は下唇を噛んだ。

昨日の十三時四十分。庸一郎の様子が変だと判明したのが十時過ぎで、その後、東名大学病院で受診している。帰ってきた時刻は分からないが、いろいろな検査をしたようなので、十三時四十分までに帰宅することは難しいだろう。つまり、昨日の十時より前にポストに投函したということだ。有川の証言では、朝食のときの庸一郎は正常だったという。異常をきたす前に手紙を書き、ポストに投函したと推測できる。

〈ともかく、さっきから署長がどうしようって子供のように慌てていて、お守が大変なんです。早く戻ってください〉

声から、苦労している様子が滲み出ている。

薫は舌打ちをする。あの署長。普段は威張っているくせに、自分の許容力をオーバーすると思考が停止してしまうのだ。

「詳しい内容は、戻って見るから」

そう言って電話を切り、息を吐いた。

頭は混乱していたものの、今回の庸一郎の手紙によって、一つの可能性が頭に浮かんでいた。

突拍子もない推測。ただ、かなり確信に近いような感触がある。

まだ不確定要素は多いが、このままでは、真実が覆い隠されてしまう。

薫は心の中に芽生えた重苦しくて嫌な気分を抱えつつ、早々に蔵元家を後にした。

立川警察署に戻ると、赤川がすぐにやってきた。

「手紙は？」

「これです」

手渡された薫は、手紙の内容を確認する。便箋《びんせん》に書かれた文字は達筆で、几帳面《きちょうめん》さが窺えた。一定の間隔で書かれた文字を追う。

『亀島克己《かつみ》署長　殿
突然のことで申し訳ございませんが、お伝えしたいことがあってお手紙を認めることにしました。先般より、蔵元指月の死についての調査を依頼させていただきましたが、この手紙で真実をお伝えすることによって、もうお手を煩わせることはないであろうと考えております。

蔵元指月を殺した犯人は、この私、蔵元庸一郎でございます。

私自身、どうしてあのような凶行に及んだのか分かりません。ただ、蔵元家を守りたいという一心からでした。

後継ぎと考えていた真一が死に、その弟の佑二が医師になれなかったことは、私にとっては銷魂《しょうこん》の思いでした。このままでは、脈々と受け継がれてきた蔵元家の歴史が潰《つい》えてしまう。その危惧から、息子である文彦が養子を貰うことにし、指月が選ばれました。眉目秀麗である指月に対して、当初は私もおおむね満足しておりました。やがて、孫娘である舞子と結婚し、患者からの信頼も厚く、名実ともに蔵元家の後継ぎとして成長していきました。

ただ、一つの真実がすべてを狂わせました。

指月が女装をし、男性のことが好きだということが明るみに出てしまったのです。それ自体を忌避しているわけではありません。蔵元家の後継ぎを作れないということに加え、舞子の心を踏みにじったのが許せなかったのです。即刻、指月に事実関係を問い質《ただ》し、それが事実だということが分かると、離縁を進めるために弁護士に相談しました。しかし、弁護士の回答は私を失望させるものでした。離縁をするためには、縁組を継続し難い重大な事由が必要であり、同性愛者というだけでは、精神的経済的生活関係を維持ないし回復することがきわめて困難なほどに縁組を破綻《はたん》させると判断することはできず、養子の解消は難しいということでした。

私は憤りを感じつつも、法律で難しいのでしたら、本人に直接かけ合おうと考えました。指月に対して、舞子と別れるよう迫ったところ、最初は同意したものの、蔵元家の資産に目が眩《くら》んだのか、急に意見をひっくり返し、煮え切らない態度を取るようになりました。また、舞子のほうも指月に言《い》い包《くる》められたのか、離婚しないという一点張りで埒《らち》が明きません。

私は、蔵元家を健全な状態で次の世代に引き継がなければならないのです。

しかし、どうすればいいのか分かりませんでした。そのことで、日々追いつめられていきました。

結局、指月を殺害するという結果になってしまったのは、私の力不足によるものです。指月を殺害した私は、これからどうなってしまうのだろうかと不安になりました。ただ、不幸中の幸いだったのは、警察が指月の死を自殺と判断したことです。衝動的な殺人だったため、工作などは一切行っておりません。これは僥倖《ぎょうこう》でした。適切な表現でないことは重々承知していますが、私にとっては、蔵元家を守ることが第一義なのです。蔵元家を穢《けが》すこと、汚名を被るような事態は避けねばなりません。

ここで疑問に感じることがあるかと思います。自分が犯人であるにもかかわらず、どうして蔵元家の屋敷に警察を入れ、再調査をさせたのかということです。

それは一重に、孫娘である舞子の要望を叶えるためでした。舞子は、指月を愛しており、指月がこの世から消えてしまったことを信じられず、また、自分を残して死んでしまったという怒りの鉾先《ほこさき》を誰かに向けたくて犯人捜しを始めました。

私は疑われないように、警察に協力するふりをしたり、発破をかけたりと偽装をしました。それは、おおむね成功していたかと思います。

ただ、本来は人を救うべき立場にあるのに、人を殺《あや》めてしまった罪悪感に耐えることができなくなってしまいました。

そして、このような方法で告白をさせていただくことにしました。

時期が来れば、出頭させていただきます。

一つだけ残念なのは、蔵元家に汚点を残したことです。』

文章の最後には、蔵元庸一郎という名前が記されていた。

告白文を読み終えた薫は、信じられない思いだった。

「どう思う？」

近づいてきた課長の西宮の質問に、薫はすぐには答えられなかった。ここに書かれていることがすべて真実だと鵜呑みにもできない。しかし、本当のような気もした。

「……嘘と真《まこと》が、綯《な》い交《ま》ぜになっているように感じます」

ようやく発した言葉に、西宮は頷いた。

「俺も赤川も、同意見だった。この告白文は、なにかが妙だ。これをどう捉える？　どう対処する？」

そう問われても、すぐに対応策が思い浮かぶわけではない。

ただ、告白文の中に気になる文章があった。

まずは、それを確かめる必要性はありそうだ。

自席に戻った薫は、作戦を考えつつパソコンを起動させる。メールの確認をしていると、本庁捜査一課の山崎からのものがあった。

『先ほどの件』

短い件名で、本文にはなにも書かれていない。

添付されているファイルを開く。新宿で起きた事件の情報だった。

今はそれどころではないとファイルを閉じようとしたが、被害者の顔写真に目が留まった。

殺された男は面長で、馬のような顔をしている。目も細く、眉毛が薄い。

記憶を辿る。

〝畢生〟の店員の男の話では、指月に言い寄ってきているらしい男の容姿を褒めていた。いわく、イケメンということだ。写真の男の顔とはそぐわない。指月に言い寄ってきた男ではないのだろうか。

浮かんだ疑問を、頭から締め出す。

蔵元家のことに集中しなければならない。

3

翌日の十時。

薫は赤川と供に蔵元家に来ていた。今日は蔵元医院が休診のため、こうして全員を集めることができた。

文彦と真紗子は同じソファに座り、佑二は壁にもたれかかっている。舞子はマホガニーの椅子に座っていた。

居間に集められた蔵元家の面々は硬い表情をしている。ただ、一人用のソファに腰掛けた庸一郎だけは、穏やかな様子だった。

「なにか分かったの？　早く教えて」

舞子が急かすような声を発する。その瞳が爛々《らんらん》と輝いていた。

広々とした部屋は、重苦しい空気に淀んでおり、呼吸がしづらかった。

薫は胸を張り、隣に立つ赤川に視線を向けてから喋り始める。

「昨日、立川警察署の署長宛てに、庸一郎さんと思われる人物から、手紙が届きました」

「……手紙？」

舞子は眉間に皺を寄せ、怪訝そうな表情になる。ほかの人間も同様だった。

薫は、手紙のコピーを目の前に差し出す。そこに、皆の視線が一斉に集まる。

「消印から、投函されたのは二日前だと判明しています。そしておそらく、庸一郎さんが認知症を発症する前に投函したものと考えられます」

微かなざわつきが起こる。

「なんて書いてあったんだ」

壁に寄り掛かっている佑二が、怒ったような声を出す。

薫は赤川に指示して、手紙のコピーを庸一郎以外の全員に渡す。その間も、庸一郎は我関せずといった様子で座っていた。

「まだ筆跡鑑定などはしていませんので、庸一郎さんが書いたという確証はありません。ただ、誰かの悪戯とも考えにくい内容です」

念のため付け加える。しかし、薫の言葉に反応する人はいなかった。皆、無言で手紙を読んでいた。

静寂に包まれた部屋で、薫はこれから起こるであろうことに向けて、心の準備をする。

「……どういうこと？」

最初に声を発したのは、舞子だった。

「どういうこと⁉」

同じ言葉を繰り返し、憤慨した様子で立ち上がる。

「こんなの、嘘よ！　おじい様が犯人なわけがないわ！」

口調に怒気が混じる。舞子は目を吊り上げ、頬を痙攣させていた。

押し黙っている文彦と佑二は、手紙を持ったまま驚愕の色を顔に浮かべている。それが普通の反応だろうと薫は思った。しかし、庸一郎は穏やかな表情を保っている。

真紗子の顔は青白くなり、恐怖に震えていた。

薫は、昨日一晩考えた策を頭の中で思い浮かべながら、息を吸いこんだ。

「この手紙が、本当に庸一郎さんによって書かれたものかは、今のところ判断できていません」

「違うに決まってるわ！」怒りをぶちまけた舞子は、立ち上がった。

「おじい様がそんなことをするわけがない！　きっと、これはお母様の仕業よ！　お母様が捕まりたくないからこんなことをしたのよ！」

そう言って、真紗子に詰め寄った舞子は、一気に殺気立った顔つきになった。

「お、おい。どういうことだ……」

摑みかからんばかりの舞子を押さえた文彦が問うと、その制止を振りほどいた舞子は、真紗子を糾弾するように指さす。

「お母様が、私の夫を殺したのよ！」

「そ、それは……」

狼狽した文彦を、舞子は無視する。

「早く白状しなさいよ！　知っているのよ！　この前、おじい様の部屋に行って、自分の罪を告白したんでしょ⁉」

その言葉に、文彦は色を失う。非難を浴びた真紗子は唇を一文字に閉じ、石のように固まっていた。

「どうして黙っているの⁉　なんとか言いなさいよ！」

舞子がなおも詰問すると、真紗子は唇を震わせて、僅かに口を開いた。

「わ、私は……」

「殺したんでしょ！　正直に言いなさいよ！」

髪を振り乱した舞子が叫ぶ。文彦が身体を押さえていなかったら、飛びかかっているだろう。

真紗子は目に涙を浮かべ、顔を歪める。それを見た薫は、尋問している容疑者が浮かべる表情に似ていると思った。自分の行いを悔恨し、その重圧に押し潰され、自白するしかない状況に陥った人間が浮かべる表情だ。

「わ、私は……」

震え声は、先ほどよりも大きなものだった。

落ちる。

薫がそう思った瞬間。意外な声がそれを遮った。

「私が、殺したんだよ」

起伏のない、淡々とした口調だったが、部屋の喧噪を鎮める効力は十分にあった。

声の主である庸一郎は、恍惚とした表情を浮かべている。

「お父さん……？」

文彦が呼びかけるが、反応はない。庸一郎は上の空といった様子で、視線を天井のあたりに向けていた。

咳払いをした薫は、部屋にいる人の顔を見渡した。

「我々としても、今後、この手紙が本物かどうかを精査する必要があります。ただ、さきほど舞子さんが言ったように、我々は、真紗子さんが犯人である可能性が高いと思っています。実は、その証拠も入手しています」

一気に喋り、庸一郎の様子を盗み見る。その目には、先ほどまではなかった光が宿っていた。

薫は確信を深め、そして、賭けに出ることにした。

「真紗子さん。勝手に部屋に入らせていただきました。そして、あなたの部屋から、指月さんの血痕が見つかりました」

その言葉に、真紗子の瞳が怯えたように揺れた。

「勝手に入ったとはどういうことだ！」

文彦の発言に対し、薫は一睨みした。

「私は、指月さんの死について調査をする権限を与えられていますので、非礼についてはご容赦ください」

ぴしゃりと言って口を封じてから、真紗子に向き直った。

「ドアノブの裏側に血痕がわずかに付着しているのを見つけたんです。ああいった見えにくい場所は、拭き取るのが難しいですからね。どうして、あなたの部屋に血痕があったのでしょうか。ちなみに、指月さんの遺体を発見した当時、あなたは指月さんの部屋の中に入っていないと証言しています。血痕がつくとは考えられません」

責め立てるような口調に、真紗子は視線を泳がせる。

「そ、それは……」

言葉を続けられず、顔を覆ってしまう。もう、落ちたも同然だった。

肩を震わせる真紗子を見ながら、薫は、告白文の内容を思い出していた。

文章の中で、庸一郎は繰り返し、蔵元家を守る責務について書いていた。

自分よりも、蔵元家の名誉を重視しているのは明白だった。

庸一郎は策士としての資質がある。大日本医師会長選や、立川市長選挙の例を見ても、それは如実に現れていた。

そのため、今回の件も、庸一郎の思惑が働いていると薫は考えた。策を巡らせることに長けた庸一郎だからこそ、薫は手紙の内容を信じず、疑ったのだ。

疑念を持つ明確な根拠はない。ただ、タイミングがよすぎるのだ。

三日前。舞子の証言が本当ならば、庸一郎の部屋を真紗子が訪れている。

二日前。未明から朝にかけて告白文が投函され、庸一郎に異変が起こった。わざわざ手紙を投函したのは、消印を残すためだろう。意識がはっきりしている状態で手紙を書き、その後に、認知症を発症したと思わせる必要があったからだ。

庸一郎の認知症のような症状は、詐病の可能性が高い。

詐病を使う理由。それは、一つしかない。

庸一郎は、蔵元家のために、不起訴を狙っているのだ。

交通事故で死亡者が発生した場合でも、ドライバーが認知症だった場合、責任能力を問えずに不起訴になるケースもある。殺人事件でも同様だ。庸一郎が認知症になり、そして、仮に、庸一郎を犯人とする証拠が告白文のみだった場合、立件可能な証拠としては弱く、不起訴になる可能性は非常に高い。現に、夫を殺害した妻が認知症のために不起訴になったという判例もあるし、その際に、妻の名前が表に出ることはなかった。

認知症患者を診ることもある庸一郎ならば、演技をするのは容易だろうし、権力をもってして、都合のいい診断書を書かせることもできるはずだ。

庸一郎が犯人と確定しても、このままでは不起訴になる確率が高い。警察側からすれば、指月の死を自殺と断定して処理しているという失点と、蔵元家への配慮から、内容が漏れないように細心の注意が払われるはずだ。当然、マスコミ対策も行われ、秘密裡に不起訴になってもおかしくない。

庸一郎が認知症と偽り、犯人に成りすます。蔵元家に汚点を残さない方法の一つだ。

ただ、最良の方法とは言いがたい。

どうして、庸一郎はこんなに複雑な方法を使わざるを得なかったのだろうか。それが、今も分からなかった。

疑問を抱えたまま、薫は目の前に座る真紗子を見下ろす。

「わ、私は……ただ……」

嗚咽《おえつ》で、言葉を続けることはできそうになかった。

薫は、横目で庸一郎の様子を窺う。瞳に光を宿しているものの、動きは見られない。次の方策を考えているのだろうか。ただ、ここで認知症ではないと露見する危険は冒さないだろう。今、動くことはないはずだ。

薫は、真紗子に視線を戻す。このまま任意同行まで持ち込み、自白させようと考えていた。

「あなたは、指月さんを包丁で刺しましたね？」

強い口調に、真紗子の肩が震える。

あと一歩だ。薫は、ゆっくりと息を吸った。

「真紗子さん。あの日、指月さんを刺殺しましたね？　そして、上手く逃げおおせて、次は別の人間に罪をなすりつけたんです。殺した理由は分かりませんが、証拠があります。だから、早く真実を語ってください。この期に及んで逃げようなんて、そんな甘い考えは

「……」

「もう止めてくれ！」

切り裂くような声に、薫は口を噤む。

声の主は、先ほどまで壁に寄り掛かっていた佑二だった。

「もう分かった！　これ以上は止めてやってくれ」

佑二は、真紗子を庇うように立つ。いつもの不機嫌さは霧散し、真剣な表情を浮かべている。

「止めろと言われましても、私は刑事としての仕事があります」

薫は毅然とした態度で言う。もうひと押しのところで邪魔されたのが癪だった。

佑二は舌打ちをする。

「そんなことは分かってるよ。別に、切り抜けようとか考えてない。息子として、こんな状態の母親を放っておけないだろう。父さんもそう思うよな？」

言葉を投げかけられた文彦は、動揺した様子で頷く。

佑二は、薫のほうに一歩近づいた。今までは自堕落《じだらく》そうに見えていた佑二が、頼もしい存在に見える。

「母親は俺が説得して、真実を語らせる。この様子だから、指月を殺したのは間違いないだろう。逃がしたりはしないから、少しの間家族だけにしてくれないか」

「私からもお願い。家族だけで話をさせて」

舞子も加勢してきた。その言葉に、佑二は目を丸くする。意外な援護射撃に驚いている様子だった。

薫は、赤川の意見を聞こうと顔を向ける。

「大丈夫じゃないですか」

赤川は肩を竦めて言った。

薫は一度部屋を見回してから、脱力する。

「分かりました。終わったら呼んでください」

そう言い残し、赤川と一緒に部屋を出ることにした。扉を閉めてから廊下を進み、ロビーを横切る。

「上手くいきましたね」

「そうね」

赤川の問いかけに、薫はぽつりと呟く。

血痕が見つかったという虚偽の証拠を提示して、真紗子を狙い撃ちにすることは、事前に赤川に伝えてあった。

はぐらかされる可能性や、証拠を提示してみろと反論される危険もあったが、思いのほか上手くいった。

真紗子が犯人だとして、もし警察に追及された場合、真紗子は罪の意識に耐えられないだろうと踏んでいたが、それが見事に的中した。

鍵を取り出し、客間の扉を開ける。

ベッドに座った薫に対して、赤川は立ったままだった。

「ここは？」

「ベースキャンプ。安全とは言えないけどね」

何者かに侵入されて、調査報告書を盗まれたことを思い浮かべる。そういえば、誰がここに侵入したのだろうか。真紗子の件が片付いた後で聞いてみよう。

赤川は、怪訝な表情を浮かべている。

「私の部屋じゃないんだし、寛いだら？」

その言葉を受けた赤川は椅子に座るが、ずいぶんと居心地が悪そうだった。

「この部屋、普段はなにに使っているんですかね」

「……さぁ。客間って呼ばれているらしいから、来客があったときに使うんじゃない」

「こんな大きな部屋を普段遊ばせておくなんて……金があるところにはあるんですねぇ」

赤川は、半ば呆れた様子で言った。

同感だった。蔵元家は、すべてが規格外だ。

それにしても、真紗子が犯人というのは意外だった。動機についてはこれから確認するが、いったい、なにが起こったのだろうか。

こんな心持ちで時間を潰すのは難儀だなと思いつつ、氷解していない疑問について考えることにした。

どうしても、一つだけ分からないことがあった。

認知症すら庸一郎が敷いた道筋だと仮定して、どうしてこんなに手間のかかることをしたのかという疑問。

そもそも、指月の調査に協力する姿勢を見せたこと自体が妙だ。

指月の死について、すでに警察は自殺と判断していた。庸一郎の力があれば、薫を追い出すことなんて容易いはずだ。

舞子が犯人捜しをすると言い出したのを、抑えられなかったのだろうか。それは大いにあり得ることだ。

ただ、それも釈然としない。

舞子のために庸一郎が調査に協力する姿勢を見せたとしても、ある程度のところで打ち切らせるはずだ。自殺だったと断定しろと強要されたら、もともと乗り気ではなかった薫に断る理由はない。庸一郎が警察に圧力をかければ、即座に調査は中止になるはずで、認知症と偽る理由はない。

それをしなかったのは、庸一郎自身、指月を殺した犯人がいるかもしれないと考えたからだろう。だからこそ、皆の前で名乗り出るように言ったのだ。警察は、犯人を追いつめるための出汁に使われたにすぎない。

では、真紗子が指月を殺したと庸一郎に告白したとして、どうして庸一郎は認知症と偽り、告白文を書いてまで、自分を犯人に仕立て上げようとしたのだろうか。

一言、調査を終わらせるようにと署長に言えば終わり、自殺として収束させることもできたのだ。

不快な汗が、背中を伝った。

庸一郎は、自分を犯人だと思わせることで、真紗子を守ろうとした。

誰から守ろうとしたのか。警察でないのはたしかだ。

いったい、誰から――。

不意に、先ほどの光景が頭に浮かぶ。

家族だけにしてほしいと言った佑二。それに加勢した舞子。

一見すると、家族想いの美しい光景だった。しかし、舞子の目は、あの場にそぐわない光を帯びていたような気がする。

暗く、底の見えない光。

息を呑む。靄《もや》のかかった真相が、正体を現した。

目を見開いた薫は、どうか間違いであってくれと願いながら、先ほどまでいた居間に戻るために駆け出す。

「どこに行くんですか！」

背後から赤川の声が聞こえるが、答える暇も惜しかった。

庸一郎は、真紗子を警察から守ろうとしたわけではない。

舞子から、守ろうとしたのではないか。

閉め切られた客間の扉を開ける。

飛び込んできた光景に、足が止まった。

舞子の手に、血だらけの包丁が握られている。真紗子が床に倒れていた。それを抱えるようにして庸一郎が涙を流し、やがて、屋敷中に響くかと思うような咆哮《ほうこう》をあげた。

4

署長室で、署長の亀島に報告を終えた薫は、ほうほうの体《てい》で刑事部屋に戻った。

指月の事件の真相を明らかにしたのにもかかわらず、それが悪いことのように言われたのは腹が立ったが、その理由は分からないでもなかった。

真相なんて、明らかにするんじゃなかったという思いが、しこりのように胸の中に残っていた。

真紗子を刺した舞子は、赤川によって取り押さえられて現行犯逮捕された。

逮捕後に舞子は、犯人が手の届かないところに行ってしまう前に殺したかったと証言した。動機を聞くと、舞子は不思議そうな顔をしながら、指月と自分の仲を引き裂いた人間を許せなかっただけだと言った。ただ、その顔に満足感はなかった。真紗子が助かったのが余程不満のようだった。

魂が抜け落ちたようになった庸一郎は、認知症と偽っていたことを認めた上で、すべては蔵元家を守るためだったのだと語った。

庸一郎は、指月の死については自殺だと思っていたものの、舞子が警察に再調査を依頼することは止めなかった。舞子が物事に固執する癖は承知していたし、一度決めたら、よほどのことでもない限り他人の意見を聞かないので、反対しても聞かないだろうと思っていた。ただ、警察の介入を許した理由はそれだけではなく、庸一郎自身、指月を殺した人間がいるのではないかと途中から思い始めたのだという。文彦の長男である真一の自殺のときにも、他殺説が浮上した。結局、真一は自分が犯した罪に耐えられなくなったのと、庸一郎自身から責め立てられたことによる自殺だと断定できたが、今回の指月の死については、その断定ができなかったという。真一が犯したかもしれない連続少女暴行事件の罪について薫が質問したが、もうすべて終わったことだと答え、それ以上は語らなかった。

庸一郎は、舞子が犯人を殺そうと考えていることを、言葉の端々から覚ったらしい。実行するかどうかは不明だったが、その言動から、本当に危うい状態だということに気づいた。庸一郎は、舞子が凶行に走るのを阻止しなければならなかった。そして、真紗子が犯行を告白し、罪を秘匿できないほどに追いつめられていることを知った庸一郎は、自らが犯人になることを決意し、認知症を装うことで刑事罰を逃れると同時に、舞子を犯罪者にしないよう画策した。最適解ではなかったが、真紗子が罪の意識に押し潰されて自供するまで猶予はないと感じていた。時間のない中で、それしか選択する余地がなかった。

庸一郎は、自分が認知症の症状を発症していれば、舞子の刃を逃れられると考えたのだ。

薫は、頭の中に浮かんだ疑問を口にする。

どうして、舞子に脅威を感じつつ、ダイニングで犯人に対して揉み消すから名乗り出るようにと問いかけたのか。

舞子のいる席でそれを話すのは危険だと思わなかったのか。現に、あの一件があったせいで、舞子は庸一郎の部屋の近くで息をひそめて、真紗子が犯人ではないかと突き止めたのだ。

庸一郎は苦々しい顔をしつつ、あのときは、舞子すら犯人かもしれないと疑っていたという。警察に再調査を依頼するという舞子の行動が、自分が犯人ではないと見せかけるような動きに思えてきたらしい。完全に疑心暗鬼に陥っていたという。舞子は、指月がゲイであることを信じていなかったが、裏切られたと感じているだろうから、殺害の動機はあると庸一郎は考えた。

そんな複雑な邪推をするなんてと薫は思った。

そのことを告げると、庸一郎は苦笑を浮かべて、事あるごとに策を巡らせて人を救ったり陥れたりする生き方をしていると、物事を普通には見られなくなるのだと語った。

一命を取り留めた真紗子は、今も入院して治療を受けている。病室に行った薫は、指月の殺害について聞いた。

すべては、佑二が持ってきた興信所の調査報告書が発端だった。指月がゲイであることを知った庸一郎は、蔵元家に相応しくないと激怒した。

そして、指月と舞子を別れさせるという話は、庸一郎と文彦、そして真紗子の三人で出した結論だった。

しかし、それは上手くいかなかった。

別の養子を取って、蔵元医院の後継ぎにしようという話も出たが、指月は患者からの信頼も厚いし、舞子の夫ということで名実ともに蔵元医院の後継ぎになってしまっており、これから養子を取るにしても手続上無理だということが分かった。佑二に医師免許を取らせることも考えたが、当の本人は医師にはなりたくないと主張し、なれる頭脳も持ち合わせていないと一顧だにしなかった。

指月は、真紗子たちにはゲイであることを認め、離婚するほうが蔵元家のためになると納得しつつ、舞子に対してはゲイであることを否定し、別れないと約束した。

そのせいで、舞子は指月がゲイであることを信じなかった。いや、絶対に信じないと頑なになっていたらしい。

指月の態度がはっきりしないことを庸一郎が糾弾すると、指月は辛そうな顔で、誰も傷つけたくないのだと告白した。そのことが、事態をどんどん複雑にしていったのだろう。

庸一郎は、真紗子の目の前で、文彦に別の女性をあてがって子供を産ませると言い出した。しかし、文彦はそれを拒否した。別の女性に子供を産ませるのは、長男の真一が自殺したときも俎上《そじょう》に載せられたらしいが、そのときに、文彦は指月を養子にすると言い出したという。

これは薫の想像だったが、文彦は庸一郎の提案を拒否するふりをして、蔵元家のために、別の女性に子供を産ませようと考え、実行しようとしたのではないか。指月を養子に選んだ負い目が後押ししたのかは不明だったが、ともかく実行に移そうとした。そのために、事前に自分の精子を検査し、非閉塞性無精子症だと気づいた。そして、佑二や舞子を自分の子供ではないと考えたのかもしれない。東名大学の講師である小森響に子供を産ませようと思っていたのかは不明だが、結局は小森と不倫関係になった。

真紗子自身、かなり追いつめられていたという。蔵元医院の世継ぎを残せなかったということに加え、文彦がほかの女性に子供を産ませる可能性を考えると夜も眠れず、やがて、事の原因となった指月を強く恨むようになったらしい。

そして、包丁で刺し殺そうと考え、実行に移した。

ただ、お腹を刺しただけで、それ以外のことはやっていないと言い、泣き出してしまったので、その後の取調べは、容態が完全に回復してからにすることになった。

最後に、真一や佑二、舞子は、本当に文彦との間にできた子供なのかと聞いた。すると真紗子は怪訝な顔で、それ以外に、なにがあるのだと答えた。そこに、嘘は見られなかった。庸一郎と真紗子が通じていたというのは、文彦の疑心暗鬼が造り上げたものだったのだろう。

人を疑うのは、蔵元家の資質なのだろうか。


薫は事件後、文彦と面談した。

文彦は、ずっと自分を責め続けているようだった。質問にはほとんど答えず、自分の不甲斐なさが真紗子を追いやってしまったことを悔やんでいた。ただ、どうして小森響との不倫関係を解消したのかという質問に対してだけは答えた。文彦は、追いつめられた様子の真紗子を見て、指月を殺した犯人ではないかと思い始め、不倫をしている事実に耐えられなくなったらしい。なんとも身勝手な男だ。

薫は、机の上に置いてあった缶コーヒーを手に取り、半分ほど残っている液体を喉に流し込む。苦みが口の中に残り、顔をしかめた。

「おい、客だぞ」

西宮から声をかけられた薫は、視線の先に顔を向ける。

そこには、警視庁捜査一課の山崎と、新宿警察署刑事課の白井が立っていた。

「ようやく落ちましたよ」笑みを浮かべて山崎は続ける。

「本当に、助かった。あんたの連絡がなければ、伊藤一志を逮捕できなかった」

「いえ、私はなにもしていませんから」

謙遜ではなく、本心からの言葉だった。

蔵元医院の伊藤一志について、もしかしたら新宿の殺人事件に関係しているかもしれないと伝えたのが一週間前だった。

「最初に話を聞いたときは馬鹿馬鹿しいと思ったが、あんたのことはそこの課長も買っているようだったし、乗ってみて正解だったよ」

山崎は、椅子に座っている西宮を一瞥した。

「ともかく、お手柄だ。俺たちは防犯カメラに映っている女ばっかり追っていたからな。女装した男って考えがすっかり抜け落ちていた。いや、本当に助かった」

褒められたのは確かだろうが、薫は少しも嬉しくはなかった。

指月が不倫しているという使用人の話。指月がゲイであるということ。〝畢生〟の店員から聞いた、言い寄っている顔のいい男という話。それらを総合し、指月の身近にいる人間である伊藤を、言い寄っている男かもしれないと考えただけだ。別に、伊藤が新宿で起きた殺人事件の犯人だという確信があるわけではなかった。ただの勘だ。

薫は、伊藤に心惹かれていた。だからこそ、胸が痛かった。

「伊藤は、その指月って男のことが好きだったみたいだ。ただ、ある時から指月に冷たくされたんだとよ。その理由を探っていくと、新宿で殺された男と親しくしているのに気づいたらしくて、横取りされたと思ったらしい。いろいろと調べたら、殺された男は、どうやら指月の相談に乗っていただけのようだ。好意を寄せてくる男を、どうやって傷つけずに断るかってことを相談していたらしい。でも、そんなことを露ほども知らない伊藤は、嫉妬《しっと》に支配されて、ブスリと刺し殺してしまったってわけだ。まったく、男同士でなにをやっているんだか」

山崎の言葉に嘲笑が混じっているのを察知した薫は、気分が悪かった。別に、こういったいざこざは男女間だけの特権ではない。

「なにをしに来られたんですか」

薫の冷めた声に、山崎は不思議そうな顔をした。不機嫌になった理由がまったく分からないらしい。

「……今日は、伊藤が落ちたという報告と、これを持ってきたんだ」

そう言って差し出された封筒は、蔵元家の客間で盗まれた指月の調査報告書だった。

「あんたが蔵元家の調査を始めてから、伊藤は、指月が男好きだってことが外部に漏れないか心配していたらしい。合計二度、あんたが蔵元家で拠点にしていた部屋に侵入したようだ。それで、二回目でこの封筒を盗んだって吐いたよ。まったく、甲斐甲斐しい男だよ。死んだ男をなおも想い続けるなんてな。それでこれ、あんたの持ち物ってことでいいのか？」

薫は中身を取り出す。過不足がないのか確認するためではなく、最後に一度、指月を見たかった。

写真が貼られたページで手を止める。

指月は写真の中で、輝いて見えた。このときだけは、何者にも気を遣わなくていい時間だったのかもしれない。

綺麗な指月。それを目に焼き付けた薫は、封筒に書類をしまう。

本来の持ち主である佑二の名前を出そうとしたが、思い直す。

舞子は殺人未遂の罪で逮捕され、勾留中である。

時間を置いて面会に行った時、舞子は真紗子を殺せなかったことを悔やみつつも、穏やかな表情を浮かべるようになっていた。

正直、薫には、実の母親が犯人だったとして、復讐のために殺すという発想が理解できなかった。そのことを訊ねると、親子間での殺人って、そんな珍しいことでしょうかと逆に舞子に問い返されてしまい、薫は言葉に詰まってしまった。

舞子は、指月のことが好きで仕方なかったのだろう。

佑二の話では、舞子に調査報告書を見せても、指月に女装癖があり、男性のことが好きだということは、決して信じなかったらしい。そして、これは二人を引き裂くための罠《わな》だと言い始めたという。

指月が死んだとき、舞子は即座に他殺を疑った。二人を引き裂くために仕組まれた死だと考えたようだ。そして、警察を強引に使って調査させ、同時に舞子自身も犯人捜しをしていた。

——夫は、ずっと私のことが好きだったのよ。もちろん、私も好きだったわ。でも、佑二お兄様が変な小細工をしたりして別れさせようとしたの。そして、最終的に夫は殺された。妻として、復讐するのは当然のことでしょう?

舞子は、笑みを浮かべてそう語った。同意を求められた気がしたが、舞子の目には、薫は映っていなかった。舞子は、自分の言葉が真実であり、それ以外の可能性はないと信じて疑っていないようだった。

薫は記憶の海から脱し、目の前に立っている山崎を見た。

「これは、指月さんの奥様に渡してください」

薫は言いながら、封筒を返す。山崎は頷いて封筒を受け取った後、思い出したように口を開いた。

「あ、それともう一つ」

そう言って、隣にいた白井に声をかけた。

白井は、鞄《かばん》から証拠品袋に入った大学ノートを取り出した。

「指月の日記だ。蔵元舞子が、指月の死んだあと密かに回収したらしい。こっちで押収していたんだが、伊藤の事件とは無関係だと分かったから不要になった。ちなみに、舞子の言い分では、この日記もすべて蔵元家の人間が仕組んだ罠で、中身は出鱈目《でたらめ》だということらしい。見るか？　舞子の証言どおりの場所から出てきたものだ。まぁ、日記というよりも、生きるための〝ＨＯＷ　ＴＯ本〟みたいな内容が多かったよ。蔵元指月は、かなり気を遣って生活していたことが分かるぞ。蔵元家の人間のプロフィールから、好きな食べ物。発言に対する反応から、好かれるための方策まで細かく書かれている。人に嫌われたくないという思いと、人を傷つけたくないという気持ちばかり書いてあって辟易するぞ。こんなに気を遣って生きていたら、さぞや気詰まりだっただろうな。ちなみに、舞子はこの日記を受け取ろうとしない。好きに処分していいそうだ」

薫は受け取り、開こうとしたが、止めた。

指月の辛さや繊細さを共有する余裕は、今の薫にはなかった。

「あと、もう一つあった」帰ろうとした山崎は、足を止める。

「伊藤は犯行を自供した。動機も申し分ない。でも、殺人は指月のためだと言っているんだ」

「……指月のため？」

薫が怪訝な表情を浮かべると、山崎は肩を竦めた。

「いや、いい。忘れてくれ。人を殺すやつっていうのは、よくわからない価値基準を持っているからな」

そう言い残して立ち去った。

薫は、椅子の背凭れに寄り掛かって、天井を見上げた。

指月は、女性として生きたかったのだろう。しかし、どうしても女性になれなかった。その状況は、とても苦しかったはずだ。

薫自身もそうだ。

子供を産み、母親になりたかった。でも、なれなかった自分がいる。

この先の人生、この想いは影のようにずっと付いてまわるだろう。その想いにどう折り合いをつけていくのか。果たして、つけられるのか。

自然と、ため息が漏れた。

＊
顔を歪める。

腹部を真紗子に刺された指月は、歯を食いしばって立ち上がり、机のところに向かった。

真紗子は、追いつめられていたのだろう。

不意に、前に鶴岡八幡宮で蛍を見たときの光景を思い出す。暗闇を舞う光が、池に反射している幻想的な風景。懐かしさと共に、もうあのときには戻れないという寂しさで、涙が出てきた。自殺に見せかけるから、このことは黙っていてほしいと真紗子に言い放って部屋から追い出した。そして、遠のく意識を繋ぎ止めるために歯を食いしばる。

自分は、誰も傷つけたくなかっただけなのだ。

蔵元医院を継ぐに相応しい人物になるために、一生懸命働いた。舞子に対しても、献身的に接した。伊藤に好意を寄せられても、適度な関係を保つように苦慮した。自分が、死んだ真一の代わりでしかないということにも納得していた。

なにより、自分がゲイであることを生涯隠そうと決めていたのだ。

ただ、最後に一度だけ自分らしくありたいと思って新宿に行ったときのことを、写真に撮られていたなんて。

自分は、誰も傷つけたくなかった。

頑張ったのだ。

蔵元家を立ち去れという庸一郎の願いも叶えたかったし、ここに留まってほしいという舞子のことを裏切ることもできなかった。伊藤の好意も無下にはしたくなかったが、結果として、人が一人死んでしまった。

誰も傷つけたくなかった。しかし、結果として、みんなを傷つけてしまった。

これ以上、痛みに耐えられない。

だから、自殺することに決めたのに――。

苦笑する。その口から、血が流れ出た。

まさか、こんなことになってしまうとは、まったく予期していなかった。真紗子を殺人犯にするべきではないと思った。そして、偽装するために最後の力を振り絞る。

部屋を見渡し、真紗子に繋がる痕跡がないことを確認してから、机の前に移動した。身体に力が入らず、足を引き摺るようにして進む。

失血が酷く、意識が朦朧《もうろう》としてきた。致命傷であるのは、出血量からすぐに分かった。

でも、書かなければならない。自殺と思わせなければならない。

い、い、い、なんとしてでも。

ペンを取り、机の上に置いてあったノートを開く。この部屋の状況を見た警察は、腹部を刺してから遺書を書いたことに気づくだろう。不審に思うかもしれないが、なんとか上手く解釈してほしいと願う。

長い文章は書けない。

でも、少しの文章でもいいから、遺書を残さなければならない。遺書があれば、自殺だと判断されやすい。

歯を食いしばり、手に神経を集中させる。

実の親に見捨てられてから、児童養護施設で育った。たくさんの人に疎まれ、数えきれないほどの迷惑をかけた。止めどなく、ため息が出た。

自分は、ため息を吐きながら生きてきた。そして、家庭というものを知らずに成長した。

だが、蔵元家の養子になって、初めて家族というものを知った。

嬉しかった。

大切な居場所だった。

それが、自分の本性を知られたせいで消え失せてしまった。

好意を示してくれたのにもかかわらず、自分がすべてを台無しにしたのだ。

皆を、傷つけてしまったのだ。

ため息が出た。

生まれてきてから、多くのため息を吐いた。それは、もう自分自身を埋め尽くすほどの量になってしまった。

震える手に渾身の力を込めて、ペンを走らせる。

〝ため息に溺れてしまいました。ご迷惑をおかけします。さようなら〟

書ききった指月は、ペンを投げる。

腹部に刺さっている包丁を抜き、頸動脈に当てた。

深淵《しんえん》へと潜《もぐ》っていくように、深く息を吐く。

このまま、ため息に溺れるのだ。

エピローグ

薫は刑事部屋で報告書の作成に苦戦していた。

蔵元家での出来事を文章にまとめる必要があった。公式な書類ではなく、あくまで署長を納得させるためのものだったが、今回で三度目の差し戻しをくらっていた。もっとまともな報告書を寄越せという署長の命令だった。

「……なにやってんだろ」

一人だけになった刑事部屋で報告書を尻目に、独り言を言う。

背伸びをしながら欠伸《あくび》をした。すでに二十四時を回っている。

舞子に刺された真紗子は順調に回復しており、このままいけば殺人容疑で起訴されるはずだ。舞子については殺人未遂の罪に問われるだろう。

今回の蔵元家の出来事について、メディアは大々的に報道した。真紗子の凶行。舞子の行動。蔵元家という異質性。視聴率が取れそうな事件だけに、連日特集が組まれている。

被害者である指月については、蔵元家の餌食《えじき》になった人物として描かれ、容姿が良いためか、ニュース番組などで写真が出ることも多い。ゲイという報道も一部週刊誌が報道していた。薫は一度、インターネットの掲示板で指月のことを検索したが、皆、好き勝手なコメントを書き込んでいた。

由緒正しい蔵元家の養子となり、そこの一人娘と結婚し、医院を継ぐ立場にあった美男子。想像を掻き立たせる要素に溢れていた。

死してなお言葉の蹂躙《じゅうりん》に遭う指月を気の毒に思った。自殺として処理されていれば、こういった事態にはならなかったはずだ。

被害者としての指月。

――なにかが妙だ。

メディアは、一貫して指月を被害者として報道している。

それ自体、すんなりと受け入れられる構図だ。

しかし、薫はそのことに違和感を覚え始めていた。

指月の日記を読んでからというもの、指月の正体が分からなくなった。

捜査一課の山崎から受け取った日記は、机の引き出しの中に入ったままだった。舞子は受け取りを拒否しており、捨てるのも忍びないので仕方なく保管している。いつか、指月の墓前に置きに行こうと考えていた。

日記には、蔵元家の人間や関係者、そして医院の患者ごとに、趣味や興味のある話題を記載し、どうやったら喜ぶか、なにをしたら不満なのかを書き込んでいた。そこからは、かなり気を遣っている様子が窺える。

薫が注目し、違和感を覚えた部分はそこではなく、幼少期からの出来事を書いた散文のほうだ。

両親が失踪後、児童養護施設で育った指月は、皆から愛されていた。指月自身が書いた文章なので、多少の嘘も混じっているだろうが、協力してくれる人間や、守ってくれる人間が絶えない様子が窺えた。すべてが、指月のいいように働いている気がしてならなかった。

誰からも愛され、助けられる。

そんな人間がいるのだろうか。

生前の指月は、いったいなにを考えていたのだろう。

一度も会ったことのない指月に、薫は思いを馳せるものの、結局なんの手応えもなかった。

ため息を吐いた薫は、四度目の報告書作成に取り掛かった。

＊

――天井を見ながら意識が遠くなっていく。

仰向けになり、口元に笑みを浮かべた。

人を傷つけたくない。それは、痛みを追体験するからだ。

人を傷つけたくない。でも、それ以上に、自分が傷つきたくないのだ。痛みを知っているからこそ、傷つけられたくないのだ。

人を傷つけず、自分が傷つかないのが理想だった。しかし、それが難しい局面になると、自分が傷つかないための方策を練り、それを実行した。

自分が傷つかないために、いろいろな人間を利用してきた。

幼少期の自分は、抗《あらが》う手段がなく、両親に虐待された。それがあったからだろうか。痛みに対する恐怖心は、死をも凌駕《りょうが》していた。特に、精神的な痛みには耐えられなかった。

生きていれば、傷つくのは仕方ない。そう諦観《ていかん》するほどの強さはなかった。

腕力はないし、後ろ盾もない。だから、頭脳と、恵まれた容姿を使うことにした。

児童養護施設時代に、施設長から一番可愛がられた。職員からも大事にされた。自分の魅力だけでは、その地位にいることはできない。だから、ほかの生徒の悪事を密告し続けたのだ。手先になることで、信頼を勝ち取った。

中学校で不良による暴力から逃れられたのは、運が良かったわけではない。巧妙に誘導し、ほかの人間をイジメの生贄にしたからだ。友人を売るのは忍びなかったし、辛かったが、自分が傷つかないためには仕方なかった。

東名大学に入学するための費用については、児童養護施設に勤務する数名の職員の弱みを握り、資金を融資してもらうことにした。児童虐待の証拠や、私生活に後ろ暗いところを持っている職員に対し、事実を公表すると告げるだけでよかった。もちろん、入学後に返済するつもりだったが、誰とも連絡がつかず、結局はうやむやになってしまった。

　医学部に入ってから文彦に気に入られたのも、そう望んだからだ。完璧な教え子を演じた。ただ、日本で一番優秀な医学部なので、優等生のライバルがいないわけではなかった。その優等生を陥れて、自分の評価を高める材料にした。

　やがて、文彦の長男である真一が自殺した。そのことを知ったとき、とくに驚きはなかった。生前の真一と話していて、この男は後ろ暗いことをしているなと感じた。明確な根拠やサインがあったわけではない。

　後ろ暗いものを持つ者同士は、なんとなく分かるのだ。そして自然と、真一と友人関係に近い状態になった。互いに共感を抱いたからだろう。会う回数が増えていった。今まで生きていて、一緒にいて気を遣わない存在に出会ったのは初めてのことだった。大袈裟かもしれないが、真一という存在が居場所のようなものになっていった。

　互いに悩みなどを打ち明ける中で、真一はなにか大変なことを起こして、蔵元家に居場所がないということを知った。内容までは聞けなかったが、なにか重大なことを隠しているのだろうということは推測できた。

　程なくして、真一が自殺した。

ようやく見つけた居場所が奪われてしまったことに打ちひしがれたが、ふと、蔵元家に空きができたことに気づいた。そして、蔵元家を新しい居場所にしたいと考えたのだ。そのために、大学の講師である小森響を使うことにした。文彦と小森は不倫関係にあったので、小森に近づき、自分を売り込むように仕向けた。不倫関係であることをネタにして脅したわけではない。寂しがり屋の小森を満足させるだけで、操縦は簡単にできた。首尾よく養子の話が舞い込んだ。蔵元家の財力と地位に惹かれていたし、念願の家族を手にすることができたのだ。

蔵元医院の医師として働く傍ら、患者や従業員、蔵元家の使用人を味方につけていった。ただ、養子という立場だけでは心許ないと感じていた。庸一郎をコントロールするのは容易ではないと思っていたし、悪感情を抱いている佑二の存在もある。このままでは、安泰ではないという危惧があった。

そこで、舞子を取り込むことにした。舞子から愛されるのは難易度が高いと思っていたが、ようはツボを押さえればいいのだ。ツボを見つけ、上手く刺激する。そのあとは赤子の手をひねるようなものだった。

舞子と結婚し、蔵元家の人間としての立場を確固たるものにした。

しかし、問題もあった。

新宿で夜遊びした男が、蔵元家のことを嗅ぎつけて、暗に脅してきたのだ。携帯電話などのやりとりはせず、新宿二丁目の店に置いてあった伝言板を使ってやりとりをして、なるべく接点を残さないように注意していたのに、尾行されていたことに気付けなかった。その男を消す必要があると思ったのは、蔵元家に秘密をバラすと明確に発言してからだ。人を殺すことなどできない。人は傷つけられない。しかし、このままでは自分が傷ついてしまう。

だからこそ、他人に殺させる。合理的な考えだった。その道具は身近にあった。蔵元医院の伊藤。適任だった。伊藤は、熱狂的な愛を自分に向けてきていた。

接し方を少し変えるだけでよかった。

嫉妬させるような言動を繰り返すことで、怒りを溜めさせる。そして、付きまとわれているから助けてくれと縋ることで、伊藤をその気にさせた。そうやって男の殺害を煽動《せんどう》した。殺人にまで発展させるのは、医学部を受験したときに受けたペーパーテストよりも容易だった。

恋は盲目というのは本当だ。あらゆる意味で周囲が見えなくなるらしい。伊藤の理性を奪い取って、男を殺させた。

それで危機は去ったと思ったのに、佑二によってすべてが壊された。もっと慎重になるべきだったが、興信所を使われては、さすがに敵わない。

打開策の一つは、舞子を味方にし続けること。ただ、それだけでは駄目だ。もっと味方を作らなければならない。

一人は、文彦。そして、もう一人は、真紗子。

この二人を味方にすれば、舞子を入れて合計三人の仲間ができる。難を逃れるには、それで十分だと思った。

庸一郎は八十歳近い。

時間が経てば気力体力が削がれ、いずれは影響力がなくなるはずだ。

文彦はすでに懐柔している。

あとは、真紗子を味方につけるだけだった。真紗子の懐柔方法は決めてあった。自殺未遂を演出し、同情を誘う。いい案だと思ったのだ。自殺なんて、するつもりは毛頭なかった。

それなのに——。

真紗子はなにを思ったか、包丁を持ってきて、いきなり自分を刺してきた。

流れ出る血を見ながら、すべてが台無しになってしまったことを覚った。

望んでいたのは、あくまで自殺未遂だったのだ。遺書の準備をしようとしているところに、急にやってきて、刺されたのだ。

間が悪いなと、唇を歪める。

生命の源が、どんどんと床に流れ落ちていった。

すぐに助けを呼べば、助かるかもしれない。

でも、助かるのも怖かった。

このような凶行に及んだ真紗子の本心を聞けば、自分は傷ついてしまうだろう。

身体の傷なんてのは、どうでもいい。

心が傷つくのが怖かった。死ぬほど怖かった。

嫌われるのは、なによりも痛い。

たとえ助かったとしても、心が死んでしまう。

だから、このまま死んでしまうのが、一番いい選択に思えた。

死よりも恐ろしい痛みから逃れることができる。この状況下では、死こそ、痛みから逃れる最良の道なのだ。

真紗子が犯人として捕まれば、当然動機を聞かれるはずだ。そうなれば、自分の秘密が表に出てしまう。真紗子以外の、蔵元家の人間が疑われるのも同様だった。

死んだあとに、自分が傷つけられる。

それが嫌だった。

だから、なんとしても真紗子の犯行を隠し、自分を犯人にしようと思った。自分の秘密に対し、偏見を持つ人間はいる。それらの誹謗中傷から逃れたいと思った。

自分を犯人にするのは、真紗子を助けるためではない。死んだ自分が傷つかないためなのだ。

呼吸をする力が、どんどん抜け落ちていく。

自殺と思わせて死ぬ。そうすれば、誰もが口を噤むはずだ。余計なことは言わないはずだ。誰も、自分の悪口を言わない。

誰も、自分を傷つけない。

このまま死ねば、金輪際、傷つかない。

もっと早く、こうしていればよかったのかもしれない。そう思いつつも、そんな勇気は、これっぽっちもないということを知っていた。

指月は、大きく息を吸いこんだ。最後のため息は、安堵だった。

――どうか、誰も疑われませんように。

自分が傷つかないために、どうか、誰も疑われませんように。

主な参考文献

『誰も書かなかった日本医師会』　水野肇　筑摩書房
『歪んだ権威　密着ルポ日本医師会～積怨と権力闘争の舞台裏』　辰濃哲郎　医薬経済社
『トンデモ地方議員の問題』　相川俊英　ディスカヴァー・トゥエンティワン

この他、多くの書籍、インターネットホームページを参考にさせていただきました。参考資料の主旨と本書の内容は、まったく別のものです。

この作品はフィクションです。作中に登場する人物名・団体名は実在するものとは一切関係ありません。

この作品は書き下ろしです。

中公文庫

ため息《いき》に溺《おぼ》れる

2018年２月25日　初版発行
2019年１月15日　９刷発行

著　者　石《いし》川《かわ》智《とも》健《たけ》

発行者　松田陽三

発行所　中央公論新社
〒100-8152　東京都千代田区大手町1-7-1
電話　販売　03-5299-1730　編集　03-5299-1890
URL http://www.chuko.co.jp/

ＤＴＰ　柳田麻里
印　刷　三晃印刷
製　本　三晃印刷

Published by CHUOKORON-SHINSHA, INC.
Printed in Japan　ISBN978-4-12-206533-8 C1193

各書目の下段の数字はＩＳＢＮコードです。978－4－12が省略してあります。

中公文庫既刊より

お-75-3
セクメト
太田忠司
若手刑事・和賀が追う連続「殺人鬼」殺人事件。凄惨な現場には、必ず一人の女子高生が現れていた。驚愕のハイブリッド警察小説・始動！〈解説〉梶　研吾
206049-4

さ-65-1
フェイスレス　警視庁墨田署刑事課　特命担当・一柳美結
沢村鐵
大学構内で爆破事件が発生した。現場に急行する墨田署の一柳美結刑事。しかし、事件は意外な展開を見せ、さらなる凶悪事件へと……。文庫書き下ろし。
205804-0

さ-65-2
スカイハイ　警視庁墨田署刑事課　特命担当・一柳美結2
沢村鐵
巨大都市・東京を瞬く間にマヒさせた〝C〟の目的、正体とは⁉ 警察の威信をかけた天空の戦いが、いま始まる‼ 書き下ろし警察小説シリーズ第二弾。
205845-3

さ-65-3
ネメシス　警視庁墨田署刑事課　特命担当・一柳美結3
沢村鐵
人類救済のための殺人は許されるのか⁉ 日本警察、そして一柳美結刑事たちが選んだ道は？ 空前のスケールで描く、書き下ろしシリーズ第三弾‼
205901-6

さ-65-4
シュラ　警視庁墨田署刑事課　特命担当・一柳美結4
沢村鐵
八年前に家族を殺した犯人の正体を知った美結は、復讐鬼と化し、警察から離脱。人類最悪の犯罪者と対峙する日本警察に勝機はあるのか⁉ シリーズ完結篇。
205989-4

さ-65-5
クランⅠ　警視庁捜査一課・晴山旭の密命
沢村鐵
渋谷で警察関係者の遺体を発見。虚偽の検死をする美人検視官を探るために晴山警部補は内偵を行うが、そこには巨大な警察の闇が――！ 文庫書き下ろし。
206151-4

さ-65-6
クランⅡ　警視庁渋谷南署・岩沢誠次郎の激昂
沢村鐵
同時発生した警視庁内拳銃自殺と、渋谷での交番巡査銃撃事件。警察を襲う異常事態に、密盟チーム「クラン」がついに動き出す！ 書き下ろしシリーズ第二弾。
206200-9